El Libro de la Vida

el Libro de la Vida
LA NOVELIZACIÓN

Adaptado por Stacia Deutsch

Basado en el guion escrito por Jorge R. Gutierrez y Doug Langdale

Traducción de Ernesto A. Suarez

Simon & Schuster Libros para niños

Nueva York Londres Toronto Sydney Nueva Delhi

Este libro es una obra de ficción. Cualquier referencia a eventos históricos, personas reales, o lugares reales han sido usados en forma ficticia. Otros nombres, personajes, lugares, y situaciones son productos de la imaginación del autor y cualquier semejanza a situaciones, lugares, o personas, vivas o difuntas, es una coincidencia.

SIMON & SCHUSTER LIBROS PARA NIÑOS
Publicado bajo el sello editorial de la División Infantil de Simon & Schuster
1230 Avenue of the Americas, New York, New York 10020
Primera edición en lengua española, 2014
THE BOOK OF LIFE © 2014 Twentieth Century Fox Film Corporation and Reel FX Productions II, LLC. All rights reserved. Todos los derechos reservados, incluido el derecho a la reproducción total o parcial en cualquier formato. SIMON & SCHUSTER LIBROS PARA NIÑOS y el colofón son marcas registradas de Simon & Schuster, Inc.
Traducción de Ernesto A. Suarez.
Publicado originalmente en inglés en 2014 con el título *The Book of Life Movie Novelization* por Simon Spotlight, bajo el sello editorial de la División Infantil de Simon & Schuster.
Para obtener información respecto a descuentos especiales en ventas al por mayor, diríjase a Simon & Schuster Special Sales al 1-866-506-1949 o a la siguiente dirección electrónica: business@simonandschuster.com.
Fabricado en los Estados Unidos 1114 OFF
10 9 8 7 6 5 4 3 2
ISBN 978-1-4814-2694-7
ISBN 978-1-4814-2695-4 (eBook)

CAPÍTULO I

Era una mañana tranquila en el vasto museo. El área de parqueo estaba llena de autobuses escolares. Los niños en el interior del edificio estaban ocupados mirando las detalladas exhibiciones históricas y escuchando anécdotas sobre el pasado.

Thomas, un experimentado guía del museo, esperaba afuera sosteniendo un cartel. Le echó una ojeada a su reloj de bolsillo y luego miró a la calle. El grupo no había llegado aún.

Caminando hacia el frente de la escalinata de entrada al museo, Thomas levantó su cartel que indicaba que era un guía y silbó por un tiempo hasta ver una borrosa mancha amarilla que se le venía encima. Pasó zumbando a la vuelta de la esquina con los neumáticos chillando.

—La última visita dirigida del día —se dijo a sí mismo—.

Me pregunto por qué nadie quiere usarlas . . . —El autobús escolar frenó de tal manera que Thomas dio un salto atrás—. Ay . . . —murmuró Thomas dándose cuenta de que una de las ventanillas del autobús estaba cubierta de escupitajos. Un escupitajo le cayó en la cara.

—¡En el blanco! —dijo un chico gótico vestido de negro de pies a cabeza.

Horrorizado, Thomas se limpió la cara.

Los chicos se reían de él mientras desembarcaban en la acera.

Thomas dio un paso atrás. Estos chicos lucían problemáticos. El chico gótico los encabezaba con su desaliñado cabello morado y muñequeras de pinchos, seguido de una chica con pelo negro llamada Jane, que se deslizó rápidamente sobre la acera en sus patines de ruedas. Sanjay, un chico de buen aspecto y seguro de sí mismo, fue el siguiente en salir del autobús y al hacerlo exhaló un suspiro de aburrimiento, junto con Joao, un chico rubio con una rara chistera. Tras ellos casi se arrastraba Sasha, quien no lucía amenazadora para nada con su cabello rubio lleno de lazos, pero de cuyo aspecto inocente Thomas sospechaba.

—¡Holaaa! —dijo Sasha con una risita infantil.

—¿Un estúpido museo otra vez? —se quejó Sanjay.

—Lo odio todo —dijo el chico gótico.

—Sí y yo también —dijo Jane. El resto asintió en acuerdo con ellos.

Thomas suspiró profundamente. Iba a ser uno de esos días difíciles.

De repente, como de la nada, una mujer apareció a su lado. Se llamaba Mary Beth y era joven, bonita y estaba dispuesta a ayudar: "Está bien, Thomas, me encargo de este grupo". Mary Beth le dio una mirada al grupo con una sonrisa pícara.

Thomas la miró de reojo: "Jum, ¿estás segura de eso? Estos son los chicos que están *de castigo*". De repente, un escupitajo le dio en la cara. Se decidió entonces, si ella los quería, eran todo suyos.

Mary Beth sonrió: "No te preocupes, yo me encargo de ellos. Ve y toma tu descanso".

—¡Gracias! —dijo Thomas con una sonrisa de gratitud al mismo tiempo que corría hacia el interior del museo.

El chico gótico les hizo un guiño a sus amigos y le lanzó tres escupitajos a ella.

Mary Beth hizo una pose y rápidamente los evitó con su cartel de guía del museo. Sonriendo confiada, volteó el cartel. El otro lado decía "SÍGAME".

—Síganme, chicos —les dijo.

—¿Qué? —dijeron ellos al unísono.

Se miraron entre sí, se encogieron de hombros y reticentes

comenzaron a subir la escalinata rumbo a las puertas del museo, pero Mary Beth les hizo ir en sentido contrario.

Sanjay dijo: "Ey, señorita, la entrada al museo está en esta dirección".

—Sí que lo está —le respondió Mary Beth—. Pero ustedes no son los otros chicos. No, no, no. Ustedes necesitan ver algo especial —les hizo acercarse más y señaló a la pared—. Justo tras esa puerta.

Los chicos se quedaron mirando a la pared vacía. "¿Qué?".

Jane dio un paso adelante: "Está alucinando, señorita".

—¿Lo estoy? —le preguntó Mary Beth—. ¿O son ustedes los que no ven? —dio un paso hacia adelante y desapareció a través de la pared.

—¡Guao! —dijeron en shock los chicos.

—¡Vamos! —reapareció Mary Beth. Extendió su mano y una pequeña y ornada puerta apareció en la pared.

Los chicos miraron con interés los relieves aztecas en la madera y entonces siguieron a Mary Beth al interior.

CAPÍTULO 2

—Hoy es el día dos de noviembre. ¿Alguien sabe por qué es importante esta fecha? —preguntó Mary Beth mientras descendían por un pasadizo estrecho, oscuro y frío.

Los chicos trataron de adivinar: "¡Porque es Martes de Tacos!", gritó Sasha.

—No.

—¿Se acabaron las golosinas de Halloween? —dijo Jane.

—No. Hoy es el Día de los Muertos —dijo Mary Beth.

—¿Eso es como el Día Nacional de los Zombis o algo así? —preguntó el chico gótico. El resto de los chicos soltaron una risita.

—Vamos, les enseño.

Jane se mantuvo muy cerquita de Sanjay. De repente un guardia de seguridad se les atravesó en el camino. Los chicos dieron un salto atrás. El hombre barbudo era también muy delgado y sus ojos brillaban ahuecados al alumbrar su cara con una linterna eléctrica bajo el mentón.

—¡No pueden estar aquí! —les gritó.

Los chicos chillaron.

Mary Beth se paró en medio de la luz de la linterna.

Él le dijo: "Nos meterás a ambos en problemas por las Antiguas Reglas de . . . eh . . .de la administración del museo".

Muy dulcemente, Mary Beth le tomó la cara entre sus manos y le sonrió.

El guardia suspiró y suavizó la voz: "Bueno, me imagino que me puedo hacer el ciego, querida mía".

Ella lo besó en la mejilla y él, sonrojándose, se hizo a un lado para dejarles pasar, pero no sin antes darles un susto. Le dio una mirada terrorífica a Sasha y esta gritó y corrió hacia los demás.

Un momento más tarde, Mary Beth guió al grupo hasta un amplio espacio interior: "¡Chicos, admiren las bellezas de México!". Accionó un interruptor y una inmensa ventana se abrió. El lugar se llenó de luz revelando apretados grupos de instalaciones de arte folclórico mexicano. Las obras cubrían las paredes hasta el techo. Había banderas de papel, flores y carrozas decoradas con esqueletos.

Los chicos se quedaron boquiabiertos ante tan glorioso espectáculo.

Mary Beth se apartó un poco para dejar que los chicos exploraran. Había esculturas mayas y aztecas, monstruos y esqueletos de papier-mâché, sombreros enormes, relieves en madera y pinturas coloridas y cómicas.

—¡Este lugar está *loco*! —dijo Jane.

—¡Tantas calaveras! —dijo Sanjay.

El chico gótico no estaba dispuesto a dejarse convencer y que le gustara el museo. "Al menos esta parte no está mal", dijo mirando sobre el hombro de Sanjay.

Sosteniendo su muñequita firmemente en la mano, Sasha subió una pequeña escalera y miró hacia arriba. "¡Guao!". Frente a ella se encontraba un inmenso mural del Árbol de la Vida. Al pie de la pintura había un libro muy decorado sobre un pedestal tallado. Sasha llamó a Mary Beth y le preguntó: "¿Qué es este libro tan asombroso?".

—¡Ah, ese es el Libro de la Vida! —le dijo Mary Beth.

—¡Es tan hermoso! —casi se derrite Sasha.

—El mundo entero está hecho de historias y todas esas historias están justo aquí —Mary Beth abrió el libro grande para que los chicos pudiesen ver—. Este libro contiene muchas verdades —hojeó hasta una página titulada "Cinco de Mayo". Allí había una imagen de escultura en madera de un soldado mexicano con tremendos bigotes—. ¡Algunas son realmente verdaderas!

Sasha preguntó: "¿La Batalla del Cinco de Mayo?".

El chico gótico exclamó: "¡Me encanta la mayo-nesa!".
Todos se rieron.

Mary Beth sonrió: "Y otras no tan verdaderas —Pasó la página hasta una titulada "Chupacabras —Tenía la ilustración de un pequeño monstruo tragándose un chivo de un solo bocado y luego escupiendo un esqueleto entero.

El chico gótico exclamó: "¡El Chupacabras, el legendario tragador de cabras! ¡Tengo que tener uno!".

—¡Puaf! —dijo Jane con asco.

Mary Beth hojeó el libro con rapidez hasta llegar a una página con un antiguo mapa del universo. Al mirarle, los chicos se sintieron como si viajaran a través de la Vía Láctea y el sistema solar de vuelta a la Tierra y finalmente a México.

—Aunque algunas de estas historias sean dudosas, hay algo que sabemos con certeza: México *es* el centro del universo —Mary Beth apuntó al centro del mapa donde dorados rayos de luz bañaban una pequeña ciudad-isla.

—Y mucho tiempo atrás, en el centro de México, había un pintoresco poblado llamado San Ángel —dijo y la luz se movió para revelar una ilustración de Ignacio, una figura tallada en madera con un sombrero enorme empujando un carrito de vender churros en la festiva plaza del pueblo. La mágica imagen mostraba San Ángel, el Mundo de los Vivos.

—¡Churros! ¡Churros! —gritaba Ignacio cuando de pronto un pajarito defecó en su carrito. Ignacio se detuvo un momento a pensar en lo que acaba de ocurrir y luego continuó—: ¡Churros glaseados!

Mary Beth dijo: "Naturalmente, ya que San Ángel era el centro del universo, justo debajo de él se encontraba . . .". Hizo una pausa mientras el mapa se inclinaba para mostrar el Mundo de los Recordados y la ilustración ahora mostraba un capitán con sus manos elevadas mientras pétalos de flores flotaban hacia arriba en los rayos de luz.

—El Mundo de los Recordados —le dijo Mary Beth a los chicos— es un lugar alegre y mágico para aquellos que viven en la memoria de sus seres queridos —frunció el ceño a medida que los recuerdos se tornaron oscuros—. Y debajo está el Mundo de los Olvidados. El sitio triste y solitario de aquellos que ya no son recordados —el libro mostró entonces una fugaz visión de un páramo desolado donde llovían cenizas y una ilustración de un triste esqueleto negro convirtiéndose en polvo.

Mary Beth señaló las ramas en el mural del Árbol de la Vida detrás del libro. Los chicos tornaron su vista hacia ellas.

—Pero antes de poder comenzar nuestra historia como se debe —les dijo— ustedes tienen que conocer a los dos mágicos gobernantes de estos mundos —dirigió la mirada de ellos hacia una mujer con una cara bellamente pintada, que se encontraba rodeada de toda clase de animales que la miraban con adoración.

Con ojos llenos de curiosidad, Sasha preguntó: "¿Ella quién es?".

—Esta es La Muerte —explicó Mary Beth—. Está hecha de dulces y azúcar.

El chico gótico murmuró: "Es tan hermosa".

—Sí que lo es, ¿cierto? —contestó Mary Beth—. Ella ama a toda la humanidad y cree que sus corazones son puros y certeros.

Mary Beth hizo un gesto para dirigir la mirada de los chicos hacia la imagen de un esqueleto con una barba blanca, vistiendo un manto real negro y apoyándose en un bastón que parecía como una serpiente bicéfala de color violeta. Quejumbrosos esqueletos de perros le serenaban. "Este es Xibalba. Ese encantador pícaro pensaba que la humanidad era tan impura como él".

—Da miedo —dijo Sasha con nerviosismo.

—Sí —le dijo Mary Beth—. Está hecho de alquitrán y de todo lo asqueroso de este mundo.

—Es tan lindo —el chico gótico dijo de Xibalba.

Los chicos se volvieron hacia él con cierta incomodidad y dejaron escapar risitas de burla.

—Déjenme enseñarles algo más —Mary Beth les hizo voltearse hacia un pequeño baúl frente al mural del Árbol de la Vida. El baúl estaba completamente cubierto de relieves tallados en madera—. Miren todas estas figuras talladas en él. Estas representan personas reales, como ustedes y yo, que son parte de la historia que les contaré.

—¡Guao! —los chicos querían escuchar más.

—Nuestra historia comienza —dijo— en el día que los mexicanos llaman el Día de los Muertos.

CAPÍTULO 3

Las celebraciones por el Día de los Muertos estaban en marcha en San Ángel. Las calles estaban llenas de gente disfrazada de esqueletos.

En el cementerio, los mariachis tocaban, las mujeres bailaban y los niños reían mientras las familias decoraban las tumbas de sus seres queridos para celebrar la ocasión.

Mary Beth dijo: "En este mágico día de fiesta las familias llevan comida y otras ofrendas a los altares de sus seres queridos".

—¿Celebran el Día de los Muertos cada año? —el chico gótico quería saber.

—Sí —ella respondió—, pero en este específico 2 de Noviembre, el travieso Xibalba ya estaba harto.

*****

En el cementerio de San Ángel, había dos tumbas lado a

lado. Una era azul aguamarina llena de velas, flores, panes, ofrendas y frutas. La otra era antigua, gris, agrietada y llena de malas hierbas. Era espeluznante y parecía estar olvidada.

La Muerte y Xibalba aparecieron, uno detrás de cada tumba y discutían.

—Realmente, querida —decía Xibalba—, no tienes ni idea de cuan fría y detestable se ha tornado el Mundo de los Olvidados.

—¡Ja! Justo así como tu corazón, Xibalba —La Muerte respondió y sus palabras hicieron eco—, justo como tu corazón.

Xibalba vagó por el cementerio haciendo que las velas se apagasen en las tumbas en su derredor. La Muerte le siguió encendiéndolas otra vez. A pesar de caminar entre las celebraciones, las dos figuras divinas eran invisibles para los humanos.

Xilbaba suspiró: "¿Por qué tengo yo que gobernar un páramo desolado y triste mientras tú disfrutas de una fiesta interminable en el Mundo de los Recordados? Es simplemente injusto". Él nunca quiso verse atascado en el Mundo de los Olvidados.

Xilbaba estiró la mano hacia un anciano haciendo un arreglo floral en un altar cercano. Justo le iba a tocar cuando La Muerte le apartó la mano de un golpe.

—¡Xibalba!

—¿Qué? —se encogió de hombros—. Ya es su hora, más o menos.

La Muerte negó con la cabeza: "Pero no es hoy, mi amor".

Xibalba se detuvo frente a ella: "Vamos, querida, intercambiemos territorios, te lo ruego".

—Ooo —se rió ella—. Eres tan lindo cuando ruegas.

—Lo digo en serio —dijo quejumbroso Xibalba—. ¡Detesto aquel lugar!

—¡Ey! Estás allí por tramposo —La Muerte volvió a fruncir el ceño—. Tendiste tu propia cama con aquella apuesta —le miró con tristeza—: No eres aquel hombre de quien me enamoré tantos siglos atrás.

—No vivamos en el pasado, mi amor —Xilbaba cambió el tema rápidamente—. En cualquier caso, estaba pensando, ¿por qué no hacemos otra apuesta?

—¿Crees que otra apuesta apagará las llamas de tu ira? —La Muerte hizo una pausa—. ¿Exactamente qué es lo que tienes en mente?

—Chequeemos el menú para esta noche —le dijo Xibalba.

La Muerte se convirtió en pétalos de flores y dejó que el viento la arrastrara. Xibalba se tornó un charco de alquitrán y se hundió en la tierra. Reapareció junto a ella en lo alto del campanario de la iglesia que se alzaba en lo alto del cementerio. Después de un rato, Xilbaba vio el escenario perfecto.

—Ah, mira allá, mi amor —señaló un punto en la distancia—, el clásico dilema de los mortales: dos chicos, nada menos que mejores amigos . . ."

La Muerte completó la frase: ". . . enamorados de la misma chica". Miró detenidamente a un niño llamado Manolo que tocaba la guitarra para una niña llamada María. Manolo era noble y gentil y amaba la música. Su amiga María era muy bella, valiente y tenía un espíritu de lucha irreductible. María sonrió a su amigo, pero justo en el momento en que este se disponía a darle una serenata, otro niño salió de entre los arbustos con una espada de madera en la mano. Joaquín era fuerte, audaz y le encantaba hacer alarde de sus habilidades guerreras en frente de sus amigos.

—¡No tema, señorita —anunció Joaquín luciendo unos bigotes falsos—, su héroe ha llegado!

María soltó una risita: "¿Cierto?".

—¿Cómo te atreves a interrumpir a un guitarrista? —Manolo tocó su guitarra apasionadamente.

Joaquín, jugando, le apuntó a Manolo con su espada, pero este la esquivó elegantemente, como un torero.

—¡La chica es mía! —dijo Joaquín.

Manolo rió: "¡Jamás lo será! ¡Es mía!".

De repente, María se interpuso entre los dos lanzándolos al suelo: "¡No le pertenezco a nadie!".

—¡Guao! —los chicos se miraron uno al otro. María

era mucho mejor de lo que ellos habían imaginado.

María les torció los ojos y se rió.

En el campanario, Xibalba se viró hacia La Muerte: "Creo que hemos encontrado nuestra apuesta. ¿Cuál de los dos se casará con ella?".

La Muerte asintió: "Muy bien, cada uno seleccionará un chico como nuestro campeón".

Se deslizaron hacia el cementerio, convirtiéndose en un anciano y una anciana mientras caminaban. Había tanta gente en el cementerio que nadie se dio cuenta.

—Vayamos a desearles buena suerte —Xibalba sonrió confiado de que su niño, Joaquín, ganaría el corazón de la muchacha.

CAPÍTULO 4

—¿María, no estabas castigada? —preguntó Manolo mientras tocaba en su guitarra el comienzo de una canción que estaba escribiendo.

—Mi padre exagera —le dijo María—. ¿Cómo se suponía que yo supiera que a los pollos no les gusta bañarse? —justo entonces pasó un pollo soltando pompas de jabón.

Joaquín se paró al lado de ellos mientras conversaban intercambiando espadas de mano a mano: "No te preocupes, él sabe que un hombre de verdad te protege esta noche".

—¡Ni de lejos eres tú un hombre real! —rió María.

—¡Pero tengo bigotes! —dijo Joaquín arrugando el bigote sobre su labio superior.

Manolo soltó un bufido de burla: "¡Sí, como tu abuela!".

María le dio una palmada en la espalda a Joaquín haciendo que perdiera los bigotes.

Este puso su espada de madera a un lado para agarrar los bigotes. Se rieron todos, pero los padres de María y de Manolo interrumpieron el momento feliz.

—¡María! —gritó el general Posada, su voz repetida por el eco por toda la calle.

—¡Manolo! —Carlos llamó a su hijo.

Manolo y María se fueron corriendo, dejando a Joaquín solo, a sabiendas de que este no tenía un padre que le llamara.

✶✶✶✶✶

Manolo encontró a su padre con su bisabuela junto a la tumba de su mamá y se detuvo.

—Vamos, mijo —Carlos dijo, vestido, como siempre, de torero.

Manolo encendió una vela y puso una barra de pan sobre el altar a su mamá, Carmen Sánchez. Más allá de su tumba se encontraban las de otros ancestros de la familia Sánchez. Las velas que Carlos había encendido para sus otros familiares brillaban como estrellas.

Carlos puso una mano en el hombro de Manolo. Su espeso bigote negro moviéndose mientras hablaba: "Tu madre estaría muy orgullosa de ti".

Abuela Sánchez estaba de acuerdo. Ella había visto muchas cosas en su vida: era la abuela de Carlos y la bisabuela de Manolo. Su silla de ruedas se encontraba al lado de la tumba de Carmen para poderse sentar, observar y tejer.

—¿Crees que ella regresará esta noche? —Manolo le preguntó a su padre.

—Carmen está aquí —dijo la abuela con certeza.

Carlos estuvo de acuerdo. "Pero es más como una sensación de calidez que uno siente al tener a sus seres queridos cerca". Señaló hacia todas las personas reunidas en el cementerio celebrando a sus seres queridos: "Todas estas familias han perdido a alguien, pero mientras estos sean recordados, podremos sentir su presencia con nosotros un noche al año".

Mientras Carlos hablaba, fantasmagóricas figuras de esqueletos de familiares aparecieron por todo el cementerio visitando a los vivos de manera feliz. Manolo y su familia no podían verles, pero ellos estaban allí.

—Carmen siempre cuidará de ti —le dijo su padre.

Manolo recordó una ocasión en que ambos se encontraban en un exuberante jardín de flores. Ella estaba sentada al sol, tarareando una canción de cuna.

—Siempre olía a flores —dijo Manolo—. Recuerdo su cantar . . .

—Era una buena mujer —dijo su bisabuela.

—La extraño tanto —Manolo bajó la vista y trató de contener una lágrima.

—Si te estás quieto, lo sentirás —Carlos le aseguró—.

Tu mamá está aquí, junto a nuestros otros ancestros. Mientras les recordemos, estarán con nosotros. Cuando les olvidemos, se irán para siempre.

Manolo cerró los ojos. Imágenes de Carmen y los ancestros le rodearon: "Los puedo sentir", dijo Manolo y Carlos sonrió.

Una anciana se acercó a la familia. Era La Muerte aún disfrazada: "¿Buena gente, me podrían dar un pedacito de pan? Tengo mucha hambre".

Sin siquiera pensarlo, Manolo le dio la barra entera de pan: "Estoy seguro de que mamá hubiese querido que usted lo tuviera. ¿Verdad, papá?".

Los bigotes de Carlos se arrugaron en una sonrisa y él asintió. La Muerte les sonrió.

—Gracias, mi niño. Como agradecimiento te doy mi bendición: que tu corazón sea siempre puro y lleno de valor —le dijo ella.

—¿Qué se dice, Manolo? —Carlos le preguntó a su hijo.

Manolo no necesitaba que le recordaran: "Gracias, señora, gracias".

Joaquín, con sus bigotes falsos, observó como la anciana se alejaba de Manolo y Carlos: "Ay, Manolo, siempre regalando cosas. ¿Verdad, papá?". Se viró e hizo un saludo militar al suntuoso altar frente al ornado mausoleo de su padre. El capitán Mondragón era un condecorado héroe de la guerra.

Mientras tanto en el museo, Mary Beth dio más detalles sobre la historia: "El padre de Joaquín, el capitán Mondragón, había muerto cuando combatía al temible bandido conocido como Chacal".

*****

En el cementerio, Joaquín escuchó ruidos provenientes de dentro del mausoleo. Sacó su espada de madera y saltó hacia adelante con los bigotes danzando en el viento. De repente, un anciano salió del mausoleo. Joaquín dio un salto atrás.

—¿Quién está ahí? —preguntó.

—¿Joven, me regalas un poco de tu pan? Tengo tanta hambre —el anciano rogó, frágil, con una mano extendida.

Pero Joaquín no pensaba regalar las ofrendas a su padre tan fácilmente. El anciano tendría que ganárselas. "¡Este pan es para mi papá y está delicioso!".

El anciano, en realidad Xibalba disfrazado, le extendió a Joaquín una medalla dorada: "¿Quizá te interese un trueque?".

—¿Una vieja medalla? ¡Por favor! —se burló Joaquín y le dio un mordisco al pan.

—Oh, esta no es una medalla cualquiera, muchacho —dijo Xibalba—. Mientras la uses, nada te podrá herir y te dará valor inmensurable —cuando se la dio a Joaquín, la medalla comenzó a brillar.

—¿De verdad? ¡Trato hecho! —Joaquín le entregó el pan.

—Pero mantenla escondida —le aconsejó Xibalba—. Hay un rey de los bandidos que no se detendrá ante nada para recuperarla —una luz siniestra brilló en sus ojos.

Joaquín miró hacia la tumba de su padre: "¿Rey de los bandidos? ¿Quiere decir Chacal?", se volteó hacia el anciano, pero este ya no estaba. "¿A dónde se fue?".

*****

En sus verdaderas formas, Xibalba y La Muerte se reencontraron en el campanario sobre el cementerio. La Muerte se estaba poniendo una flor en el cabello.

Xibalba no le dijo que le había dado la medalla a Joaquín: "Entonces, si mi chico gana, gobernaré finalmente el Mundo de los Recordados".

—Y si mi chico se casa con la chica . . . —extendió su mano y tocó la barba de Xibalba. Al principio a él le gustó la caricia, pero luego la mano de ella se apretó y le tiró de la barba—: . . . dejarás de interferir en los asuntos de la humanidad —demandó.

—¿Qué? —estaba sorprendido—. ¡No puedo, no! Vamos, que es la única diversión que tengo.

Ella se encogió de hombros: "No hay apuesta entonces".

Xibalba sabía que no podía discutir con ella y se rindió: "Está bien, querida, de acuerdo a las Antiguas Reglas, la apuesta está hecha".

Cuando se estrecharon la mano en acuerdo, un trueno retumbó por el cementerio.

*****

En el museo, Mary Beth puso la figura en madera de María entre las de Manolo y Joaquín y dijo: "Y así comenzó la mayor apuesta de la historia: Manolo contra Joaquín por la mano de María".

CAPÍTULO 5

Los chicos miraron con asombro a Mary Beth.

El chico gótico apenas podía creer la historia: "Un momento, entonces, estos dioses antiguos eligieron a tres niños como . . .".

—¿ . . . representantes de todo el mundo? —finalizó Sanjay.

—Sí, una locura, ¿cierto? —dijo Mary Beth.

El chico gótico quería más de la historia: "¡Sí, está bien, siga contando, señorita!".

Asintiendo ligeramente con la cabeza, Mary Beth continuó narrando partiendo del punto donde había dejado la historia.

*****

Manolo, María y Joaquín correteaban por el pueblo, disfrutando del día. De repente, María escuchó los chillidos de un cerdo. Se detuvo y descubrió la criatura más adorable encerrada tras las rejas de un amplio corral. La miró con sus grandes ojos cerdunos.

—¡Ay, tan lindo! —exclamó María.

El sonido de un cuchillo siendo afilado hizo que ella se volteara e inmediatamente notó el cartel de la carnicería. Sus ojos se movieron rápidamente del cerdito al cartel y viceversa.

—¡Ah, no, no mientras yo esté aquí! —María anunció sacando una espada de madera—. ¡Tenemos que rescatar a los animales!

—¿Qué? —Manolo y Joaquín dijeron al unísono.

Ella les sonrío de la manera más pícara: "¡Vamos, hagámoslo!".

—¡Espera, María! ¡No lo hagas! —Joaquín no estaba tan seguro como ella.

Pero Manolo estaba listo: "¡Vamos!".

María golpeó el cerrojo del corral con la espada y la puerta se abrió con un crujido.

En el centro del pueblo, el general Posada dirigía un programa de reclutamiento militar. Sus soldados ya entrenados estaban allí para asistirle. Los pobladores se agrupaban alrededor de la plaza para escuchar su discurso. Carlos observaba con padre Domingo y varias monjitas.

—¡Vecinos de San Ángel, les ruego! —dijo el general—.

Luego de la revolución nos urge tener más voluntarios que se unan a esta poderosa brigada.

Los soldados que allí se encontraban lucían débiles y patéticos. Sus caras de madera estaban llenas de agujeros, como si las termitas se hubiesen cebado con ellos. Uno tosió con violencia y aserrín salió en gran cantidad de él justo antes de que se le cayera un brazo.

Un huérfano que se encontraba en la cercanía, agarró el brazo y salió corriendo: "¡Ándele!".

La cara del general Posada se alargó con tristeza a la vista de su andrajosa tropa, pero se arregló el sombrero y terminó su discurso: "Una tropa heroica para protegernos de Chacal", dijo desenrollando un cartel de "Se busca" con la cara amenazante de Chacal en él.

Los pobladores gritaron aterrados. Nadie se unió voluntariamente a la tropa del general Posada.

De pronto, la tierra comenzó a temblar.

Ignacio, el chico con el carrito de vender churros exclamó: "¡Ay, no, ahí viene Chacal!".

¡Pero no era su más temido enemigo, sino una estampida de animales irrumpiendo en la plaza como los toros de Pamplona!

—¡LIIIIIIBERTAAAAAD! —María guiaba a los animales que escapaban montada en el lomo de un cerdo como si este fuese un caballo.

Manolo, aferrado a la cola del cerdo, era arrastrado mientras Joaquín corría junto al grupo, tratando de no quedar rezagado.

María agitó su espadita de madera y gritó alegremente.

La multitud fue presa del pánico y los soldados del general levantaron las manos y se rindieron inmediatamente.

—¿Qué has hecho, María? —le gritó su padre.

—¡Aquí viene la libertad! —ella respondió.

—¡Détente ahora mismo! —le ordenó el general Posada.

Justo entonces, Manolo soltó la colita de la que se agarraba y mientras rodaba, Joaquín tropezó con él y ambos se estrellaron contra el general, tumbándole al suelo. Los dos chicos continuaron en vuelo hasta estrellarse contra un puesto de frutas, que rodaron hacia todas partes en medio del caos. La guitarra de Manolo fue aplastada en la estampida.

—¡Oh, no, el jabalí loco! —gritó un anciano.

Joaquín se sentó en el suelo justo a tiempo para ver un jabalí que se disponía a embestir al general: "¡Cuidado, general!". En un bravo gesto y justo a tiempo, Joaquín apartó al general a un lado. Ahora era Joaquín quien estaba en el camino del jabalí. El animal le embistió arrastrándolo varios pies por el suelo.

Sorprendentemente para él, Joaquín se levantó sin un golpe o arañazo. Notó entonces el brillo de la medalla del anciano en su bolsillo. Había funcionado.

Una de las monjas, Sor Ana, estaba ahora en el paso del jabalí: "¡Ay, Dios!", gritó.

Joaquín le dijo a Manolo: "¿No hay retirada?".

Manolo le respondió de la misma manera en que lo había hecho tantas otras veces: "¡No hay rendición!". Agarró el chal rojo de una mujer y se paró entre el jabalí y la monja: "¡Toro! ¡Toro!", y con la gracia de un torero, le hizo un pase al jabalí.

Los pobladores comenzaron a animarle con gritos de "¡Olé!".

Carlos observaba a su hijo realizar la faena. "Tiene el don", le dijo orgulloso a un anciano que estaba junto a él. El anciano asintió mientras la lucha entre Manolo y el jabalí continuaba.

—¡Olé! —la muchedumbre gritó otra vez.

Carlos no podía parar de sonreír: "¡Qué gracia, mijo!".

Manolo saltó de los hombros de un soldado a la entrada de una tienda usando el chal como paracaídas. Sacudió el chal al feroz jabalí y le gritó para que se acercara.

El jabalí embistió a Manolo y este le hizo varios pases hasta que el animal se estrelló finalmente contra la pared de la tienda.

—¡Olé! —gritaron los vecinos al ver que el jabalí estaba atascado.

—¡Ese es mi hijo! —dijo orgulloso Carlos.

El anciano sonrió mientras el resto del pueblo vitoreaba

a Manolo. El resto de los animales corrieron y se escaparon.

Sor Ana dijo: "Gracias, Manolo", mientras el resto de las monjas cantaron "¡Gracias!".

El general Posada, que había quedado inconsciente al caer, abrió los ojos lentamente: "¡Oh!", dijo, "¿Qué me perdí?".

Joaquín le ayudó a levantarse: "¿Está usted bien, general?".

El general Posada le puso un brazo en el hombre a Joaquín: "Me has salvado la vida".

Manolo llegó corriendo llevando en los brazos el cerdito que María había visto antes: "Y yo . . .".

—Silencio, cállate, muchacho, que estoy hablando —le interrumpió el general.

—Pero yo . . . —obviamente, el general no había visto el toreo de Manolo y como salvó a Sor Ana.

—¡Silencio! —ordenó el general.

Manolo bajó la vista con tristeza. La plaza era un desastre: pequeños fuegos ardían aquí y allá, barriles y carros de ventas estaban tirados por doquier. Un cerdo tiraba de un extremo del sombrero del general Posada, que también ardía, mientras un soldado tiraba del otro.

El general hizo un reconocimiento de la situación: "¿Quééééé? ¡Esta niña está en serios problemas!".

María se asomó en la esquina de un edificio y dijo: "Oh, oh . . .".

—¡¡MAAAAAARÍAAAAAAAAAA!! —gritó a todo pulmón el general.

María se acercó cabalgando sobre su cerdo y con la espada de madera arrastrándose en el suelo: "Lo siento mucho, papá, pero es que yo . . .", se detuvo cuando advirtió algo despedazado en el suelo: "¡La guitarra de Manolo!", exclamó y le dio una mirada de consuelo a Manolo.

—¡María! —su padre tenía la cara roja de ira—. ¡Esta tontería rebelde termina ahora mismo! ¡Tú tienes que convertirte en una señorita decente!

—¿Por qué? —preguntó ella.

—¡Porque lo digo yo! —y eso era todo lo que importaba—. Te enviaré a España. Las hermanitas del convento de la Perpetua Llama de la Pureza te arreglarán.

Manolo y Joaquín exclamaron al unísono: "¡¿Qué?!".

—Pero, papá . . . —María comenzó a decir.

—No, ya está decidido —el general Posada le frunció el ceño—. ¡Ahora vete a casa!

María comenzó a llorar y se fue corriendo con la guitarra de Manolo aún en la mano.

El general Posada se volvió hacia Joaquín y apuntó a la estatua de su padre, el capitán Mondragón: "Joaquín, te pareces mucho a tu padre. Este pueblo necesita un héroe". Le puso un brazo sobre los hombros a Joaquín: "¡Vamos, eres como el hijo que nunca tuve! Mijo, tu padre fue como un hermano para mí".

Mientras se alejaban, el cerdito saltó de entre los brazos de Manolo y seguidamente se hizo pipí sobre sus zapatos. La señora de quien él había tomado el chal retomó lo que era suyo.

Manolo intentó seguir a María, pero su padre se le interpuso.

—¡Epa! ¿A dónde crees que vas? —le preguntó Carlos.

—¡Él no puede enviar a María tan lejos! —dijo Manolo.

—Bueno, los padres hacen lo que es mejor para sus hijos. Vámonos —le contestó Carlos.

Manolo echó una última mirada por encima del hombre, pero María ya no estaba. Suspiró y siguiendo a su padre se alejó de la plaza.

CAPÍTULO 6

En las afueras del pueblo, Carlos y Manolo se encontraban en una colina desde donde se podía ver todo San Ángel. El cerdito se mantenía muy cercano a Manolo.

Mirando a la plaza de toros del pueblo, Carlos dijo: "Mijo, vi como toreaste a esa bestia. Tus ancestros deben estar orgullosos de ti".

Manolo miró a su padre: "¿Crees que impresioné a María?".

Carlos sonrió: "A María y a todas las muchachas del pueblo", Manolo sonrió y Carlos continuó: "La gente andaba diciendo que era la mejor corrida de toros de toda la historia de nuestra familia. ¡Tú serás, hijo mío, el Sánchez de mayor renombre entre todos los Sánchez! ¡Escribirán canciones sobre ti!".

—¡Y yo las cantaré! —dijo Manolo con entusiasmo.

—¿Qué has dicho? —preguntó Carlos confundido.

—¿Yo las cantaré . . . ? —dijo Manolo con menos certidumbre.

—Hijo, la música no es trabajo digno de un torero Sánchez —dijo Carlos.

—Pero yo quiero ser músico —protestó Manolo.

—No —dijo Carlos—. Debes concentrarte. Tu entrenamiento como torero comienza ahorita. Tu abuelo Luis me enseñó cuando yo tenía tu edad.

—Espera, papá, ¿pero no fue entonces que aquel toro te hizo caer en coma?"

—Ah, sí, los recuerdos . . . —asintió Carlos y continuó—. ¡Mi único hijo enfrentando bestias enormes y feroces! La tradición familiar continúa.

—Ay, qué alegría . . . —dijo Manolo con desgano mientras iba de camino a su casa junto al cerdito.

*****

Mary Beth le dijo a los estudiantes: "Y así llegó el día en el que María sería enviada a estudiar al extranjero. Los tres amigos ya no lo serían más".

*****

La estación del ferrocarril estaba llena de gente que había venido a despedirse de María. Un grupo de monjas cantaban: "Adiós, María".

—Adiós, mijita —dijo el general Posada cuando ella le

33

abrazó—. Escribe pronto —más allá de su hija, el general vio a Manolo y a Joaquín parados tristemente a un lado del resto de los demás. Se disculpó apenas conteniendo las lágrimas—: Voy a pararme allá.

María corrió a sus amigos: "Los voy a extrañar", les dijo.

—Aquí estaremos esperando —dijo Joaquín.

—Todo el tiempo que sea necesario —agregó Manolo.

María abrazó a Joaquín y luego se volvió hacia Manolo:

—Nunca dejes de jugar. ¿Sí? —le dio un abrazo largo.

Dando un paso atrás golpeó a Joaquín en el pecho con un dedo: "Y tú nunca dejes de luchar por lo que es justo".

Joaquín asintió.

Manolo le dio a María una caja con agujeros en la tapa: "Te traje un regalo. Creo que debes abrirlo ahora".

Joaquín se sorprendió: "Espera un momento, ¿debíamos traer un regalo?", él no había traído nada.

María le sonrió a Joaquín y abrió la caja que le había dado Manolo. Dentro de esta estaba el lindo cerdito que ella había rescatado, acurrucado y roncando tiernamente.

—Lo he nombrado Chuy, él te cuidará.

María sacó al cerdito de la caja con ternura y le apretó: "Ah, sí, yo me acuerdo de ti".

—Me imaginé que te gustaría llevarte algo del pueblo contigo —le dijo Manolo.

María estaba conmovida: "Gracias", le dijo.

—De verdad, nadie me dijo nada sobre regalos —se quejó Joaquín.

María se volvió hacia él y le preguntó: "¿Puedes sostener a Chuy por un momento". Tomó una caja suya y se la dio a Manolo: "Esto es por haber roto tu guitarra".

En la distancia, sonó el silbato del tren y el conductor gritó: "¡Todos a bordo!".

Los tres amigos se miraron asustados. Ella estaba realmente al partir. María tomó a Chuy y dijo: "Me tengo que ir". No los podía mirar, o empezaría a llorar: "No me olviden", dijo. Y con esto, se fue apurada hacia el tren. El viento arrancó su sombrerito que aterrizó en andén.

—¡María, tu sombrerito! —la siguió corriendo Joaquín.

Manolo se agachó y abrió la caja, dentro estaba su guitarra reparada como nueva. Dentro de esta había una inscripción que decía "SIEMPRE TOCA CON EL CORAZÓN". No lo podía creer. Abrazó fuertemente la guitarra y miró al tren moviéndose lentamente en la distancia.

María estaba sentada triste en su compartimento, con Chuy dormido en su regazo cuando de pronto escuchó la voz de Manolo:

—¡María!

Miró a través de la ventana. Manolo y Joaquín corrían junto al tren.

—¡Cantaré para ti cuando regreses! —gritó Manolo.

Joaquín corrió más rápido, adelantándose a Manolo. Llevaba en su mano el sombrerito de María: "¡Y yo pelearé por ti!", gritó.

El tren aceleró, dejándolos atrás.

María se acomodó en su asiento y sonrió. Chuy dio un resoplido y se volvió a dormir.

*****

—Pasarían años antes de que volvieran a ver a María —dijo Mary Beth. Los muchachos se mantuvieron en silencio mientras ella les contaba lo que había pasado durante los diez años siguientes mientras Manolo y Joaquín esperaban el regreso de María: Manolo practicaba diariamente el toreo con desgano junto a su padre. En realidad lo que quería era tocar música hermosa y no enfrentar toros en la plaza. Mientras tanto, Joaquín entrenaba como soldado con el general Posada.

—¡Un, dos, tres! ¡Un, dos, tres! —el general Posada hizo marchar a Joaquín a encontrarse con Manolo por un juego de canicas.

Carlos mantenía a Manolo tan ocupado, que este tenía que irse a escondidas a tocar la guitarra.

Joaquín marchó marcialmente por el escondite de Manolo: "¡Qué hubo, Mani!", dijo.

—¡Marchen! —el general le empujó hacia adelante.

Una vez, mientras Joaquín estaba en un campo de

práctica derrotando a otros soldados, Manolo observaba desde las colinas, tocando su guitarra.

—¡Bien! ¡Igual que tu padre! —el general Posada declaró a Joaquín el vencedor de la jornada.

En la plaza de toros, Carlos esperaba a Manolo. Este llegó justo antes de comenzar su lección de toreo.

—¡Y así es como uno despacha un toro! —dijo Carlos admirando su faena—. Con un toro falso.

Manolo se veía incómodo al tomar la espada de las manos de su padre. Carlos lo cubrió con un capote de matador y esto le hizo sentirse aún más incómodo. Él prefería andar tocando música con sus amigos los hermanos Rodríguez: Pablo, Pancho y Pepe, quienes tenían su propio mariachi y entendían la pasión de Manolo por la música. Al más alto de los hermanos, Pepe, le gustaba la buena comida igual que le gustaba tocar el violín. Pancho, el mediano, tenía una barba rala, una gran barriga y le gustaba tocar la trompeta. El más pequeño, Pablo, tocaba el tololoche, un instrumento de cuerdas que sonaba como un bajo.

Pero a Carlos no le interesaban los mariachis. Pensaba que eran un montón de tontos cobardes, vagos y fuera de forma y no quería que Manolo adquiriera sus vicios. Por eso trataba de mantener a Manolo ocupado (y alejado de los hermanos Rodríguez) tanto como pudiera.

Mientras Joaquín marchaba al frente de batalla, Manolo

cantaba con los hermanos Rodríguez. Su melodía fue interrumpida cuando llegó Carlos y le agarró por la oreja.

—¡Yo NO tengo que esperar por ti! —le dijo firmemente.

—¡Papá, ya me iba! —Manolo trató de explicarle a su padre mientras este le arrastraba por el pueblo pasando varios carteles anunciando una corrida de toros. Los hermanos Rodríguez les seguían de cerca.

*****

Mary Beth explicó lo que sucedería luego: "Después de años de entrenamiento, el padre de Manolo había organizado su primera corrida de toros. El destino la haría coincidir con el regreso de María . . .".

CAPÍTULO
7

Manolo y su padre se preparaban en la capilla de la plaza de toros. La bisabuela de Manolo había venido a apoyar a su bisnieto, sentada en su silla de ruedas, tejiendo mientras Manolo ayudaba a su hijo a vestirse.

—¿Ay, Manolo, tocando toda la noche con esos mariachis? ¡¿Quieres terminar como esos tipejos!? —Carlos tiró la puerta en las narices de los musicales hermanos Rodríguez dejándolos afuera.

—Está bien, Mani, esperamos afuera —dijo Pepe a través de una ventanita.

—No creo que le gustemos al señor Sánchez —Pancho les dijo a sus hermanos.

Pablo miró al cielo: "¿y qué creías?".

Carlos lanzó una de sus espadillas al otro lado de la habitación. Se encajó en la madera cercana a los hermanos: "¡Cállense los tres!", gritó.

Esquivaron y se escaparon corriendo.

Carlos apartó la guitarra de Manolo: "¿Quieres vivir en mi casa? Pues entonces tienes que acatar mis reglas. ¡Serás torero!", dijo mientras sostenía el capote de Manolo.

—¡Papá, es mi vida! —protestó Manolo.

Carlos señaló con un gesto hacia las paredes de la capilla. Estaban rodeados de retratos de otros Sánchez toreros, todos fuertes, de aspecto feroz. Al final de la fila—luego de Carmelo, Jorge, Luis y Carlos—había un retrato de Manolo con cara de aburrimiento.

—¡Todos los Sánchez son toreros! —dijo Carlos—. Todos y cada uno de nosotros.

La bisabuela se mecía en su silla. A pesar de tener más de cien años de edad, estaba fuerte como un roble: "Yo era una bestia en el ruedo. ¡Una bestia!", dijo haciendo alarde de sus habilidades como torera.

—Lo llevas en la sangre —le dijo Carlos a Manolo—. Es tu destino. ¿Cuántas veces tengo que decírtelo?

—No, este no soy YO. Este eres TÚ —dijo Manolo mientras agarraba su guitarra, listo para irse.

Carlos le bloqueó la salida: "Mijo, Joaquín será el héroe del pueblo, pero hoy tú serás el héroe en el ruedo", levantó su espada. "Si al menos terminas con el toro esta vez".

La voz de Pepe se escuchó a través de la ventana: "¡Pero

él terminó con el toro el otro día durante el entrenamiento!"

Era cierto, Manolo se había enfrentado al toro en la arena: "¡Venga, toro . . . !". De repente el animal fue alcanzado por un rayo y cayó redondo al suelo, muerto.

—Eso no cuenta —dijo la bisabuela, sus agujas de tejer haciendo ruido.

—No, está mal matar al toro —dijo Manolo.

Carlos dio un suspiro: "Y ahí vamos con eso otra vez".

—Estos chicos de hoy en día con sus cabellos largos y sus ideas de no matar —dijo la bisabuela y sacudió la cabeza con desaprobación.

—Me fui —dijo Manolo al salir pasando junto a su padre.

—¿Es que no quieres a tu familia? —preguntó Carlos.

La pregunta hizo que Manolo se detuviera. La bisabuela levantó la vista. Manolo se viró lentamente.

—Pues entonces mata al toro, mijo. No deshonres nuestro apellido —le dijo Carlos—. ¡Sé un Sánchez!

Sin decidir qué hacer, Manolo salió de la capilla.

—Mijo —le dijo la bisabuela a Carlos—. No lo va a hacer.

*****

Manolo estaba solo en los túneles que van al ruedo en la plaza de toros cuando de pronto escuchó una voz que le llamaba.

—¿Qué hubo, Manolo?

Joaquín salió de entre las sombras con sus medallas brillando en la luz: "¿No hay retirada?".

Manolo le sonrió levemente: "¡No hay rendición!".

Los dos amigos se abrazaron.

—¡El héroe de San Ángel regresa! —Manolo le dio palmadas en la espalda a Joaquín.

—Ah, vamos. No pensabas que me iba a perder tu primera corrida de toros. ¿Cierto?

—¡Y María también está aquí! —le dijo Manolo.

Joaquín sonrió resplandeciente al escuchar las noticias: "¿La has visto? Estoy desesperado por enseñarle estas cositas", dijo haciendo sonar sus medallas.

Manolo apretó los labios: "Oh, ya veo, vino solo para verte".

—Vamos, sabes que eso no es . . . —comenzó a decir Joaquín, pero la cara de Manolo se iluminó.

—Tú tendrás medallas, pero yo tengo la plaza de toros. Veremos a quien prefiere María —iba a torear después de todo.

—Es bueno que finalmente estés tomando el toreo en serio —dijo Joaquín.

—Deberías verme en el ruedo. Allí es donde de verdad me luzco, un verdadero Sánchez —Manolo sacó pecho y se irguió.

Joaquín puso un brazo sobre los hombros de su amigo:

"Esas son palabras grandes por las que nos guiamos, mano", dijo.

Manolo estaba de acuerdo: "Enormes", dijo con un suspiro.

Antes se marcharse, Joaquín apretó la medalla que el anciano le había dado años atrás, miró a Manolo y dijo "Mano, pues que el mejor se gane el corazón de María". Se fue dejando a Manolo en el túnel.

Manolo se detuvo un momento a escuchar el entusiasmo del público y luego salió a la luz en el ruedo.

*****

Mary Beth le explicó a los estudiantes lo que ocurriría a continuación: "En honor al regreso de María de Europa, el pueblo había recibido una visita especial de uno de sus hijos más notables: Joaquín, quien ahora era un condecorado héroe de batallas . . .".

*****

Todos se pusieron de pie cuando Joaquín entró al coliseo, cuyo caminar hacía sonar sus medallas. Se sumergió en la ovación de la multitud tirando su capa al suelo con dramatismo.

—¡Dicen que Joaquín va de pueblo en pueblo salvándolos de los bandidos! —dijo un anciano en la muchedumbre.

Joaquín llamó a su caballo con un silbido, de un salto se paró en él como si fuera una tabla de surf y saludó a sus admiradores. Firmaba autógrafos mientras los soldados de la guarnición del pueblo repetían su nombre emocionados como chicas adolescentes.

Desde lo más alto de las gradas, La Muerte y Xibalba observaban a sus campeones sin ser vistos por la multitud: "¡Así se hace, ese es mi chico", animó Xibalba a Joaquín.

Joaquín saltó del caballo a los palcos, caminando hacia el general Posada: "Buenas tardes, mi general. Qué grandes bigotes tiene usted".

El general comenzó a aplaudir, pero de repente se hizo silencio en todo el estadio.

Entró María, que estaba toda crecida ahora, luciendo botas de tacón alto que repiqueteaban mientras se acercaba a Joaquín y a su padre.

Su cara se ocultaba tras un abanico, su largo cabello flotaba en el viento. Chuy, ahora ya todo un cerdo adulto, la seguía de cerca apurando el paso.

*****

Mary Beth dijo: "Como era de esperar, todos en el pueblo se morían de curiosidad por ver cómo había crecido María . . .".

*****

Un soldado exclamó: "¡Ha regresado la joya más preciada del pueblo!".

Todo el que la veía pasar la miraba embelesado.

Cuando María se detuvo a saludar a dos huérfanos, Luka

e Ignacio, Sor Ana les dijo a las otras monjas: "Y ella va a ayudar en el orfelinato".

Una chica le dijo a su amiga: "Y dicen que le gusta leer libros, así nomás, como diversión", puso cara de asco.

—¡No! —exclamó con incredulidad la amiga.

Ignorando los comentarios que sobre ella susurraban los otros, María llegó a su asiento.

Joaquín le saludó con una reverencia: "Señorita Posada".

María cerró de golpe el abanico, revelando finalmente la cara. La multitud entera se quedó boquiabierta ante su belleza.

—Hola, Joaquín —dijo sonriendo.

La chica en las gradas les dijo a sus amigas: "¡Ah, ella es tan natural!".

Un anciano estaba tan prendado de ella que su boca se abrió tanto que se le cayó la dentadura postiza.

En lo alto, Xibalba también estaba boquiabierto. La Muerte le propinó un codazo en las costillas.

—¡Ay! ¿Qué? —cerró la boca y apartó finalmente la mirada.

Pancho Rodríguez hizo sonar su trompeta anunciando que Manolo entraba al ruedo. El público se puso de pie para recibir al próximo matador de la familia Sánchez.

—¡Y dicen que Manolo puede llegar a ser el mejor Sánchez de todos los tiempos! —dijo el mismo anciano que antes había vitoreado a Joaquín.

—¡Ese es mi chico! —aplaudió con entusiasmo La Muerte. Xibalba le dio una mirada celosa y se cruzó de brazos. "¿Qué!?", le preguntó La Muerte.

En el ruedo, Manolo miró hacia María, pero ella se cubrió la cara con el abanico. "Quisiera dedicarle esta corrida a la señorita María Posada", dijo Manolo ondeando rítmicamente su capote. "Bienvenida a casa, señorita".

María no quería mirarle; ella pensaba que practicar el toreo no era correcto y se sentía decepcionada con su amigo.

Pero Manolo no la escuchó en el ruedo. El comienzo de la corrida se acercaba y trataba de convencerse a sí mismo de que estaba listo, al menos tan listo como se podía estar.

Un portón se abrió y un toro muy bravo salió al ruedo.

CAPÍTULO 8

Este no era un toro como los demás. Estaba cubierto en tatuajes de calaveras, llevaba una armadura con pinchos y las puntas de los cuernos eran de metal.

Los hermanos Rodríguez habían seguido a Manolo hasta el ruedo, pero al ver al toro se fueron corriendo.

—¡Le tengo alergia a morirme! —gritó Pepe.

—¡Especialmente en la cara! —Pancho se cubrió los ojos y Pablo gritó.

—¡Te apoyamos, Mani! —dijo Pepe mientras saltaba al otro lado de las barreras del ruedo.

Manolo miró de pasada hacia donde se encontraba su padre en las gradas, adoptó una pose gallarda y sosteniendo firmemente el capote dijo: "¡Venga, toro!¡Venga!".

El toro embistió.

—¡Venga! —Manolo con gracia le hizo un pase al toro.

—¡Olé! —la multitud enloqueció.

—¡Ese es un verdadero Sánchez! —dijo Carlos con orgullo.

Manolo saludó a la multitud y ellos lanzaron pétalos de flores al ruedo.

Manolo tomó una rosa y la alzó hacia María. Ella le sonrió.

—¡Manolo! —trató de advertirle María al ver que el toro le embestía.

Lanzando la rosa al aire, Manolo se puso con facilidad fuera de peligro con una voltereta atrás. Aterrizando de rodillas como una estrella de rock, capturó la rosa entre sus dientes, como un bailador de flamenco.

—¡Olé! —volvió a gritar la multitud.

—¡Ese es mi hijo! —Carlos estaba muy orgulloso.

Los huérfanos en las gradas hicieron la ola.

El toro estaba furioso. Embistió de nuevo y esta vez Manolo giró sobre una pierna, forzando al toro a hacer un círculo alrededor de él. El movía el capote y toro lo seguía. Cuando el toro finalmente se apartó se vio que había escrito "María" en la arena con sus cuernos.

La multitud no podía contener su entusiasmo: "¡Olé! ¡Ma-no-lo! ¡Ma-no-lo! ¡Ma-no-lo!".

María estaba impresionada con el gesto de Manolo. Joaquín estaba celoso de que Manolo estuviese recibiendo toda su atención.

Manolo caminó hacia su padre. Carlos le dio una espada: "Vamos, mijo, hazlo por mí, por nuestra familia, sé un Sánchez".

Manolo tomó la espada y caminó despacio hacia el toro. Este bajó la cabeza, pisando fuerte y resoplando.

La multitud guardó silencio.

Carlos se agarró del muro tan fuertemente que este se agrietó. María apretó el abanico en su puño.

Manolo apuntó. Vio su reflejo en la espada.

También vio el reflejo de María.

—No —enterró la espada en la arena—. ¡No está bien matar al toro!

El toro embistió pasando a una pulgada de Manolo, vendándose los ojos a sí mismo al arrancar el capote de sus manos. Sin poder ver, el toro se estrelló contra la barrera y quedó completamente inconsciente.

Todo el mundo se quedó sin habla.

Carlos estaba decepcionado.

La bisabuela dijo: "¿Ves? Te dije que no lo haría".

La única persona que realmente importaba le gritó a Manolo: "¡Bravo!¡Bravo!", gritó María.

La multitud le abucheó, pero María aplaudió con entusiasmo.

—¡Oigan, no tenemos que matar al toro! —Manolo trató de explicarles a todos.

María se dio cuenta de que esto no iba a terminar bien.

—¡Ay, no, Manolo! —el general Posada la empujó fuera de la plaza.

Manolo les miró alejarse, sabiendo que la había perdido, para siempre.

—Adiós, María —susurró Manolo mientras la gente comenzaba a lanzarle basura a él.

Alguien lanzó la guitarra de Manolo al ruedo, esta le golpeó en la cabeza y el cayó inconsciente al suelo.

*****

Un poco más tarde, Carlos le gritó en el oído: "¡Manolo, Manolo! ¡Levántate!".

Manolo abrió los ojos y se encontró con que la plaza estaba ahora vacía: "Lo siento, papá", dijo.

Carlos dijo: "¡No hagas peor las cosas con disculpas! ¡Un Sánchez nunca se disculpa! ¡Nunca!".

La bisabuela agregó: "Jamás".

—Si ser torero significa tener que matar al toro —Manolo le dijo a su padre—. Pues entonces yo no soy torero.

—No —dijo Carlos empujando la silla de ruedas de la bisabuela—. Tú no eres un Sánchez —se fue empujando a la bisabuela.

Hasta el toro estaba decepcionado. Se levantó, se sacudió el polvo y caminó hacia el túnel sin mirar atrás.

*****

50

Desde las gradas más altas de la plaza de toros, Xibalba y La Muerte observaban.

—¡Victoria! —exclamó Xibalba—. Ese pobre muchacho no tenía oportunidad alguna de ganar. A pesar de eso, dio un buen espectáculo.

La Muerte no se rendía: "Esto no se ha terminado", señaló hacia el ruedo.

Manolo recogió una rosa del suelo, la puso entre las cuerdas en brazo de la guitarra como si fuera un micrófono y comenzó a tocar. Era una canción sobre María y sobre cuanto él la adoraba.

No vio a María entrar a las gradas, pero La Muerte sí la vio.

María observó maravillada como Manolo tocaba y cantaba la bella canción con tanto sentimiento. Cuando terminó, María suspiró profundamente: "Ay, Manolo", tomó un paso hacia adelante, pero su padre la llamó. Se fue corriendo a sabiendas de que Manolo no la había visto.

Xibalba estaba confundido: "¿¡Qué es lo que acaba de ocurrir!?".

La Muerte puso una mano sobre el pecho y dijo: "¡Ja! Tú no conoces a las mujeres, mi amor".

CAPÍTULO 9

Mary Beth les dijo a los chicos en el museo: "Esa noche, el general Posada organizó una gran fiesta para celebrar el regreso de María. Pero dense cuenta que él tenía otros planes mayores . . .".

*****

María estaba sentada rodeada de todos los altos oficiales del ejército, incluyendo a Joaquín.

Los soldados brindaron: "¡A la salud de Joaquín!".

El general Posada pronunció un discurso: "¡Un gran héroe! Lástima que solo estés por aquí de paso por unos días. Si por lo menos hubiese algo que te hiciera quedarte, algo como una chica especial, ¿eh, María?".

—¡Papá! —a María no le gustaba para nada el giro que tomaba la conversación.

El general Posada sonrió con picardía: "¿Qué? ¿Qué he dicho de malo?".

—Ay, padre mío —dijo ella y sonrió nerviosa, volviéndose a Joaquín dijo algo burlonamente—: Es muy lindo verte de nuevo, Joaquín ¡Y qué bigotes!

Joaquín movió los bigotes y sus medallas se movieron también tintineando.

—¡Todas esas medallas! ¿Y esta por qué te la dieron? —María extendió la mano para tocar la medalla mágica de Xibalba.

Joaquín se apartó de un salto: "¿Qué!? ¡Por nada! A ver, ¿por qué no nos cuentas más sobre Europa?".

María retrajo su mano: "Ay, me encantó. Mucha música hermosa, mucho arte y ¡libros! Fue maravilloso".

Joaquín respondió diciendo: "Libros, arte, maravillas . . . parece que has aprendido mucho, María. Estoy seguro de que un día harás a un hombre muy, pero muy muy feliz. Y espero también que sus bigotes o sus medallas te hagan muy feliz también".

María alzó las cejas: "¿Ah, sí?".

Joaquín se enderezó un poco más en la silla: "Bueno, sí. Detrás de cada hombre con portentosos bigotes hay una mujer hermosa".

—Ah, sí, y cocinaré y limpiaré para él y estaré siempre ahí para lo que guste mandar —dijo ella con sarcasmo, pero Joaquín no lo notó.

—Ah, sí. Suena perfecto y tú suenas . . . —la miró con

detenimiento olvidando lo que estaba diciendo—. Eres tan linda.

María ladeó la cabeza: "¿Hablas en serio?".

El general Posada derramó su bebida sobre los soldados cercanos: "Ay, Dios", se daba cuenta de por dónde iba la cosa.

—¿Así es como ves a las mujeres? —María le preguntó a Joaquín.

Joaquín no estaba seguro de qué cosa la había enojado: "Este, pues . . .".

La voz de María se tensó: "¿Sólo existimos para hacer felices a los hombres?".

Los soldados asintieron en acuerdo. Joaquín estaba nervioso sobre el mal camino que había tomado la conversación: "Pues, no sé", dijo.

—Me parece que he perdido el apetito —dijo María. Los soldados se levantaron cortésmente cuando ella se levantó—: No, por favor, quédense sentados —les dijo—. Y si me disculpan, tengo que ir a chequear a Chuy, mi cerdito. Me hace falta estar cerca de alguien civilizado como él. Buenas noches —se marchó de prisa.

Luego de que María se había marchado, un soldado le susurró a Joaquín: "¡Te has buscado una con agallas!".

Joaquín estaba de muy mal humor. Sin siquiera mirar al otro hombre, Joaquín le asestó un golpe con el puño:

"¡Muy buena esa, Joaquín! ¡Muy inteligente!", dijo sarcásticamente el soldado. El general Posada sacudió la cabeza en desaprobación del rumbo que habían tomado las cosas.

*****

Manolo y los hermanos Rodríguez vagaban por las calles desiertas y oscuras. Pepe tocaba el violín, Pancho la trompeta y Pablo el tololoche, el instrumento parecido a una guitarra.

—¡No puedo creer que el general haya invitado a todo el mundo menos a ti, Manolo! —dijo Pepe.

—Lo siento, manito —trató de consolarle Pablo.

—Nos invitó hasta a nosotros y eso que nos detesta —agregó Pancho.

—De nada serviría —se encogió tristemente de hombros Manolo al suspirar de manera trágica—. La he perdido, ella prefiere a Joaquín.

Pepe tuvo una idea: "Oigan, oigan, lo que tenemos que hacer es tocar la canción adecuada y, créanme, todo cambiará en cuatro barras".

Pancho se rió: "¡Ya fuimos a cuatro barras! ¡Dos veces cada una!".

De pronto, Pepe se detuvo: "Esperen, sé exactamente lo que debemos tocar", dijo y les llamó a formar un círculo e incluyó a Manolo en él.

—Bien, bien, tiene que ser algo romántico y con clase —dijo Pancho al escuchar el plan.

Pepe asintió: "¡Pero con mucha dignidad!".

*****

María estaba en su cama, acurrucada con Chuy, cuando escuchó la música en la calle. Reconoció la voz. Era Pancho que cantaba y tocaba un piano de juguete bajo su balcón y la canción no era buena.

Chuy empujó un cactus del balcón de María y lo lanzó sobre Pancho para parar el ruido.

María se acercó despacio a la ventana para poder ver, pero todo estaba aún cubierto por las sombras.

Manolo estaba junto a Pepe: "Guao, eso la cautivó por completo", se quejó.

Pepe se encogió de hombros: "¡No entiendo, esa siempre funciona!".

A Pepe se le ocurrió otra idea: "¡Oh, ya sé! ¡Sígueme!", Pepe bailó y giró al ritmo de una canción tan mala como la primera y rasgándose la camisa reveló un tatuaje de sí mismo sobre su pecho.

Chuy le lanzó otra maceta. Pepe cayó al suelo mareado.

—¡Ja! Muy romántico, Pepe —dijo Manolo sarcásticamente.

*****

María, escondida en su habitación, se cubrió la boca y rió. Chuy gruñó y ella lo apartó de su vista a un lado desde donde ambos pudiesen ver lo que iban a hacer los chicos.

*****

—Bueno, eso es todo lo que hay —dijo Pepe y dejó de tocar.

Saltó entonces Pablo: "Ahora me toca a mí", se preparó para cantar. "¡Uno, dos, uno, dos, tres, cuatro!". Pero antes de que pudiera terminar, una maceta le cayó en la cabeza. "Vamos a tragarnos nuestros sentimientos", murmuró entre dientes desde dentro de la maceta y dejó de cantar.

Los hermanos huyeron hacia un restaurante cercano. Manolo se quedó solo en medio de la calle.

Mientras las luces se apagaban en la habitación de María, Manolo agarró su guitarra. La placa que María le había dado brilló a la luz de la luna: "SIEMPRE TOCA CON EL CORAZÓN —Cerró los ojos . . . y comenzó a tocar.

CAPÍTULO 10

Manolo comenzó a cantar una hermosa canción que había escrito para María. Su música era pura, y cada nota nacía de los tantos años que él había pasado amándola desde lejos.

María regresó a la ventana. Esta vez, abrió las puertas del balcón y salió a la luz de la luna. No quería perderse una sola palabra de la canción.

Manolo vio a María en lo alto y esto le inspiró a cantar con más fervor.

Los animales de labranza y los pobladores comenzaron a prestar atención también.

La Muerte, parada sobre un tejado, sonreía.

Joaquín también escuchó la canción. Se detuvo en el corredor afuera de la habitación de María por un largo rato y entonces tuvo una idea. Se dio la vuelta para regresar a la fiesta.

Pepe y sus hermanos vinieron corriendo desde el restaurante

para servirle de acompañamiento musical a Manolo.

Desde un tejado cercano, Xibalba miraba horrorizado: se daba cuenta de que perdería su apuesta con La Muerte.

Los hermanos Rodríguez formaron una escalera humana. Manolo, sin dejar de tocar su guitarra escaló hacia el balcón de María.

Era noche de luna llena. María se encontró con Manolo bajo las estrellas. Él se inclinó buscando los labios de ella. Ambos se perdieron en el momento, pero en el último instante, María se echó atrás: "¿Pensaste que sería así de fácil?", le preguntó.

Sorprendido, Manolo perdió el equilibrio y comenzó a caer. Le lanzó la guitarra a María mientras él y los hermanos Rodríguez caían estrepitosamente al suelo.

Con la trompeta de Pancho en la cabeza, Manolo suspiró: "S-sí, un poco . . .".

María reía mientras Manolo se sacudía el polvo junto a la pila formada por los hermanos Rodríguez: "¡Manolo!", le gritó. "¡Espera ya bajo!", pero al pie de las escaleras se encontró a Joaquín junto al general Posada. Joaquín sostenía una cajita con un anillo dentro.

—¿¡Qué haces, Joaquín!? —le preguntó.

El general Posada dobló la pierna de Joaquín para hacerle arrodillarse: "María . . . este . . . ¿te . . . te casarías conmigo?".

La boca de María se abrió y dejó escapar un sonido de asombro.

Cuatro lindas muchachas detrás de ella dijeron al unísono: "¡Sí!".

Joaquín le dijo: "No te preocupes, tu papá ya me dio el permiso".

La boca de María se abrió aún más: "¿¡Qué él hizo qué!?".

—¿Quién más nos va a proteger de Chacal? —el general sacó el cartel de "Se busca" que siempre llevaba encima.

María dio un paso atrás, pero el general la empujó hacia adelante. Justo en ese momento se abrió la puerta. Pepe traía cargado a Manolo.

—¡Ay, Dios! —dijo Pepe mientras que una de las cuatro muchachas se desmayó.

Manolo, aún un poco delirante por la caída, le puso un brazo sobre los hombros a Joaquín: "¿Qué me perdí?", preguntó.

Joaquín estaba confundido: "¿Qué, él también te propuso matrimonio?".

María echó una leve carcajada y le preguntó a Manolo: "No. ¿Ibas a proponer?".

—Ay, ¿¡qué!? —Manolo no tenía la menor idea de lo que sucedía.

—Pues yo le propuse primero, así que vete a torear un toro o algo así —dijo Joaquín.

Manolo empujó a Joaquín y lo agarraron los soldados.

María estaba furiosa: "¡Los dos se están comportando como idiotas!".

Manolo pensaba que había ganado hasta que vio la cara de María: "Espera, ¿lo dices por mí también?", preguntó.

Uno de los soldados sosteniendo a Joaquín se asombró de la musculatura de este: "Eres tan fuerte, Joaquín", dijo.

—Gracias, hago mucho ejercicio —dijo Joaquín. Con una sonrisa forzada se acercó a Manolo—: Mira, sabes que te quiero, pero entiende: ¿cómo vas a proteger a María si ni siquiera puedes acabar con un toro?

—¿Ah, sí? —Manolo no se amedrentó—. Tú jamás serás un héroe tan grande como tu padre.

Todos se quedaron boquiabiertos.

El soldado dijo: "Eso no estuvo bien, fue demasiado".

La pelea se puso peor. Manolo le apuntó con el dedo a Joaquín y este respondió diciendo: "Mira, mejor sacas el dedito de mi cara", dijo golpeando a Manolo con su dedo.

—¡No me apuntes con el dedo! —gritó Manolo.

Empezaron a golpearse como niños pequeños.

—Soy el mejor apuntador que tú hayas visto jamás! —gritó Joaquín.

Un soldado le dio una espada a Joaquín. Este la apuntó a Manolo: "En guardia, hermanito", dijo.

—¡Manolo! —gritó Pepe.

Manolo se volvió esperando que le dieran una espada, pero Pepe le dio su guitarra. Manolo le miró de manera inquisitiva.

—¿Qué? ¿Esperabas un banyo? —le preguntó Pepe.

Joaquín comenzó a reír: "¡Ja ja ja! ¡Mírenlo, con su guitarra! ¿Qué vas a hacer?", se burló.

Manolo levantó su instrumento: "Te voy a enseñar buenos modales", dijo y golpeó la espada de Joaquín con el brazo de su guitarra.

María se hartó. Se paró entre los dos y con mucha destreza los desarmó a ambos en unos segundos: "¿Les había mencionado que he estudiado esgrima?", preguntó.

Manolo agarró su guitarra mientras María agarró la espada de Joaquín. Trató de dársela, pero este rehusó: "Muy bien. Esto lo arreglamos más tarde", dijo.

—Cuando quieras, donde quieras —respondió Manolo.

María sacudió la cabeza: "¿En serio, chicos?".

Joaquín se marchó bravo de la casa: "¡No, no te vayas, Joaquín!", le gritó un soldado cobarde.

Mientras los invitados del general Posada comenzaban a acomodarse en el salón, la puerta se abrió con estruendo y los huérfanos Ignacio y Luka corrieron adentro.

—¡Ahí vienen los bandidos! —anunció Ignacio.

El soldado cobarde comenzó a temblar de miedo: "¡Y Joaquín se ha marchado!", exclamó.

—¡Todo está perdido! —cantaron las monjitas. Todos corrieron a esconderse.

CAPÍTULO II

Los bandidos de Chacal se deslizaron hacia el pueblo mientras los habitantes se apuraban a cerrar sus puertas con llave. Chato, la mano derecha de Chacal y teniente de los bandidos, se carcajeó de alegría cuando la puerta de entrada al pueblo, cubierta con carteles de "Se busca" con la imagen de Chacal, explotó. Los bandidos entraron a San Ángel cargando barriles de TNT en sus espaldas y portando antorchas.

—¡Tiemblen de miedo ante el poderío del ejército de Chacal! —dijo Chato mientras sus hombres galopaban a través de la nube de humo.

El general Posada gritó por encima del caos: "¡Mujeres y niños, váyanse a la iglesia! ¡Hombres, vamos a sacar a los bandidos de Chacal del pueblo! ¿Quién me sigue?".

El silencio fue la respuesta mientras los soldados se escapaban corriendo con miedo. Posada suspiró profundamente.

—¡Sí, esto se pone feo! —dijo.

Los despreciables bandidos alcanzaron la plaza del pueblo. Eran muy feos, con brazos y manos hechas de metal. Sonreían con maldad observando todo el botín que se llevarían del pueblo. Chato, el líder y el más pequeño de todos, se subió a una escalinata y anunció: "¡Escuchen, ustedes, cobardes, estas son las demandas de Chacal!", dijo desenrollando un rollo de papel ridículamente largo y poniéndose gafas para leer.

Chato leyó la lista mientras los otros arrebataban los bienes a los aterrorizados pobladores.

—Dennos sus pollos, su dinero, tocino, jarras, cera para bigotes . . . —hizo una pausa y miró de cerca las palabras—. Ah, parece que dice olla, pero creo que es joyas . . . ¡Sí, sus joyas!

Un bandido llamado Mofles devolvió con tristeza las joyas que había tomado.

Chato terminó de leer las demandas de Chacal: "En fin, si nos dan todo, quizá no quememos el pueblo", agregó.

Manolo desenfundó sus espadas y se acercó a los bandidos. Trató de ignorar el hecho de que había al menos treinta de ellos y él era sólo uno: "¿Quieren este pueblo? Pues primero se las tendrán que ver conmigo", dijo con bravura.

Los cuatros bandidos más amenazadores se le acercaron. Un bandido alto y flaco con una mano de garfio

llamado Cuchillo se cernía sobre él, seguido por el Chato y Mofles. Luego llegó Plomo que tenía una maza con pinchos en vez de mano y era el más grande de todos. Levantaron sus armas. Manolo se enderezó. Plomo comenzó a ondear la maza y entonces se escuchó una voz:

—¡Oigan, feos!

Los cuatro bandidos se voltearon y vieron a Joaquín en lo alto de un tejado montado en su caballo y luciendo el sombrero de su padre. Se veía como un verdadero héroe.

—¿Por qué no pelean como hombres? —les desafió Joaquín—. ¡Con bigotes de verdad!

El caballo de Joaquín saltó de casa en casa, hasta que este saltó de sus estribos e hizo una fantástica pirueta en el aire. Gritó su propio nombre mientras volaba:

—¡JOOOOOAAAAQUUUÍÍN!

En el último momento, dio una voltereta y aterrizó entre Manolo y los bandidos.

—¡Gracias a Dios llegaste! —el general Posada dijo emocionado.

Joaquín se paró en el centro de la luz como un superhéroe. Su capa flotaba en el viento. Con un rápido movimiento de muñeca se quitó el sombrero y se lo lanzó a Manolo: "Mira, sostén esto" y entonces le dio su capa: "Y esto" y la espada: "Y esto también y si te es muy pesado, quizá se lo puedas dar a María".

Joaquín le hizo un guiño a María y esta le puso los ojos en blanco.

Joaquín se volvió a los bandidos y dijo: "Mi nombre es Joaquín, hijo del Capitán Mondragón y esta noche San Ángel está bajo mi protección".

Los bandidos se rieron de él.

—Prepárense para ser derrotados —Joaquín se puso las manos en las caderas.

Él y los bandidos se miraron con furia.

—¡Agárralo, Plomo! —ordenó Chato.

Plomo se abalanzó sobre Joaquín ondeando su maza como un loco, pero Joaquín fue más rápido que él. Agarró la maza en el aire y lanzó a Plomo como una pulga, gritando su propio nombre con cada golpe que le daba.

Los otros bandidos atacaron. Joaquín ni siquiera tuvo que sudar para derrotarlos uno por uno.

Los bandidos continuaban la carga, pero Joaquín era fuerte y tenía mucha determinación. Los pobladores comenzaron a corear su nombre.

Las monjitas cantaron: "¿Quién quiere más?".

Chato estaba cada vez más furioso: "¡AGÁRRENLO!", gritaba.

Sus hombres cargaron en manada, pero Joaquín no se sentía presionado. Se tomó un segundo para saludar a María: "Hola, muchacha".

—¡Mira que eres tonto! —chilló María.

Todos los bandidos le cayeron encima a Joaquín al mismo tiempo y lo apretaron contra el suelo. Chato le golpeó con los puños repetidamente.

Joaquín no sentía dolor alguno. Se rió diciendo: "Ay, oh, ah. Está bien, no me duele para nada".

De repente, Chato notó una medalla que brillaba sobre el pecho de Joaquín: "¡El apuesto héroe", murmuró entre dientes Chato, "tiene la Medalla de Vida Eterna!" Los bandidos se miraron unos a otros con sorpresa, pero ninguno de los pobladores escuchó lo que Chato acababa de decir.

Joaquín cubrió la medalla rápidamente, se levantó y dándole un golpe con su puño a cada uno, se los quitó de encima. Iba diciendo su nombre, "Joaquín", a la vez que cada uno de los bandidos caía al suelo.

Manolo, que estaba parado cerca de los bandidos, fue también lanzado al suelo por la fuerza de los golpes furiosos de Joaquín.

Joaquín miró a Chato directamente a los ojos. El líder de los bandidos ordenó a sus hombres: "¡Retirada!". Los bandidos corrieron despavoridos.

—¡Y no regresen jamás! —les gritó Joaquín viéndoles correr. El pueblo se había salvado. Todos celebraron la victoria.

—¡Eso fue increíble! —dijo María felicitándole.

67

Manolo era el único que no estaba impresionado: "Sí, de verdad que eres un héroe", dijo con un suspiro.

—¿Quizá ahora podamos continuar nuestra conversación, señorita Posada? —dijo Joaquín mientras le pasaba un brazo por los hombros a María.

Ella miró a su padre y luego al resto de los pobladores, todos esperaban con ansias su respuesta.

—María, por favor, hazlo por el pueblo —dijo su padre—. ¡Sin Joaquín estamos a merced de Chacal!"

María asintió en silencio y fue hacia Joaquín dejando a Manolo en la plaza.

Manolo podía escucharles mientras se alejaban: "A ver, cuéntame de cómo recibiste unas de estas medallas . . .", decía ella.

La voz de Joaquín se suavizó al responderle: "Pues, esta la recibí por ayudar a traer un bebé al mundo con una sola mano mientras que con la otra luchaba con un oso . . .".

$$*****$$

—¡Pues claro, claro que ella se iría con Joaquín! ¿Vieron esos bigotes? —señaló Sanjay.

—¿Estás loco? —le preguntó Jane—. María lo está haciendo para proteger el pueblo.

—Poniendo el deber por encima de su corazón —agregó el chico gótico.

—Sí —Mary Beth les dijo—. La vida puede ser realmente difícil para los vivos.

Dentro de la capilla de los toreros, Manolo estaba guardando su traje de matador. Su padre estaba parado cerca, mirando un altar dedicado a Carmen. La bisabuela tejía.

—Perdiste dentro y fuera del ruedo. Toda la familia Sánchez se sentiría avergonzada —le dijo Carlos a Manolo.

—Por favor, no digas eso . . . —Manolo sintió un gran nudo en la garganta.

De repente su padre le dio un abrazo y le dijo: "Oye, ¿amas a María? Pues entonces lucha por ella. ¡Como un hombre!".

—Es demasiado tarde. Ya Joaquín le propuso matrimonio —a Manolo no le quedaban ganas de luchar.

—Ese sí es un hombre —Carlos admitió su admiración por Joaquín y la bisabuela le lanzó un pedazo de fruta a la cabeza en respuesta.

—¡Cállate, Carlos! —ella se volvió entonces hacia su bisnieto—. Manolo, si María no le ha dicho que sí a Joaquín, entonces en realidad ha dicho que no.

Manolo pasó revista en su mente a todo lo que había acontecido en la plaza del pueblo.

—¿Entonces, qué vas a hacer, mijo? —preguntó Carlos.

Los ojos de Manolo se iluminaron. Le dio un beso a la bisabuela y se fue corriendo.

CAPÍTULO 12

En el museo, Mary Beth explicó: "Chacal, una bestia de hombre, una vez fue dueño de la medalla mágica de Xibalba".

*****

—¡Chacal! ¡Chacal! —gritaba Chato mientras entraba corriendo en la guarida de los bandidos, una cueva en forma de calavera en medio del desierto. La mayoría de los bandidos en la guarida estaban durmiendo aun cuando Chato y los otros regresaron de San Ángel.

Chacal estaba sentado frente una pequeña hoguera afilando un enorme machete. Su cara estaba escondida por las sombras. El suelo estaba cubierto de monedas y medallas.

Chato entró corriendo y anunció: "¡Hemos encontrado la medalla . . . la Medalla de Vida Eterna! ¡Está en San Ángel!".

Como un lobo monstruoso, Chacal se levantó y se

abalanzó sobre Chato. Chato quedó atrapado por la fuerza masiva de Chacal.

—¡La medalla! ¿Estás seguro!? —vociferó Chacal.

—¡Sí, lo juro, lo juro! —dijo medio ahogado Chato.

Chacal levantó a Chato para mirarle directamente a los ojos.

—Un héroe apuesto la lleva encima para proteger el poblado —Chato señaló hacia una sábana sucia con una cruda imagen de la medalla dibujada en ella—. ¡Es igualita a esa! —una pequeña imagen de Xibalba disfrazado de anciano estaba dibujada junto a la medalla.

—Agrupa a mis hombres, salimos de inmediato para San Ángel —tiró a Chato fuera de la cueva.

Chacal se paró en frente del dibujo de la medalla. La hoguera iluminó su espantosa cara y reveló sus cicatrices. Sonrió de manera siniestra y dijo: "Has regresado a mí, Medalla".

*****

Todavía estaba oscuro cuando Joaquín dejó a María frente a su puerta.

Xibalba se acomodó en un tejado cercano para ver a su héroe ganarse la muchacha.

Joaquín seguía hablando de sus medallas: "Y esta la recibí por salvar a unos huérfanos de un incendio y regresar a buscar sus cunas y juguetes. Y una vez salvé a un cachorrito que tenía una espina en su patita. Y esta medalla me la dieron por salvar al presidente . . .".

—¡Bueno, ya llegamos! —le interrumpió María—. Gracias por esta charla tan informativa acerca de ti.

María solo quería que la noche terminara, pero Joaquín pensaba que finalmente se la había ganado. Puso una mano en un bolsillo: "Tengo algo para ti, María", sacó una fotografía y se la dio.

—Muy lindo de tu parte —dijo María al recibir su regalo, pero arqueó una ceja al ver que era una foto autografiada de Joaquín.

—Guao, me has dejado sin palabras —dijo ella con sarcasmo.

—Sí, ¿cierto? Eso pasa a menudo —él se inclinó para besarla.

María viró la cara: "Buenas noches, Joaquín".

Él no esperaba que ella reaccionara de esa manera.

—María —la detuvo.

—¿Sí? —dijo ella volviéndose hacia él.

Joaquín se quitó el sombrero. Debajo de este llevaba el viejo sombrerito que ella había dejado en la estación.

—¿Lo guardaste todos estos años? —María se sorprendió de su sinceridad.

—Es lo que me impulsa —dijo él. Cuando María le sonrió, Joaquín preguntó— Acerca de mi propuesta, ¿vas al menos a pensar en ella?

María asintió: "Buenas noches, Joaquín".

Cuando ella cerró la puerta, Joaquín celebró con un bailecito en el portal. "¡Sí! ¡Sí, sí y sí! ¡Eres el mejor, Joaquín!"

Xibalba también dio su bailecito: "¡Sí!", dijo.

*****

María se recostó otra vez en su cama. Chuy se acurrucó bajo las sábanas. María puso la foto de Joaquín a un lado y miró una vieja fotografía de ella, Manolo y Joaquín del día en que había partido. Le parecía que había pasado tanto tiempo . . .

Clic, una piedrecita golpeó el cristal de su ventana.

María salió al balcón y vio a Manolo abajo.

—Encontrémonos en el puente al amanecer.

—No puedo, Manolo, mi padre no . . . —respondió ella.

—Por favor, María, te lo ruego —imploró Manolo. María asintió levemente. Manolo sonrió mientras corría hacia la oscuridad de la noche.

*****

Xibalba, en la oscuridad, levantó su bastón con la serpiente de dos cabezas cuando Manolo pasó corriendo por su lado. Los ojos de la serpiente brillaron cuando el bastón tocó el suelo. La serpiente cobró vida.

—Si se encuentra solo con ella, perderé esta apuesta. Arregla esta por mí, mi vieja amiga —dijo Xibalba.

La serpiente se arrastró siguiendo a Manolo.

73

CAPÍTULO 13

Al amanecer, María se dirigió apurada hacia el puente colgante a encontrarse con Manolo. El puente conectaba la isla de San Ángel con el resto de México. La luna se desvanecía mientras el sol comenzaba a levantarse.

María se quedó boquiabierta al ver que el sendero estaba cubierto de velas y flores. Al pie de la colina un antiguo árbol resplandecía con la luz de velas que parpadeaban.

Bajo el árbol estaba Manolo, tocando su guitarra.

María trató de mantener la calma, aunque estaba abrumada por la increíble escena.

—Esto es lo que quería mostrarte —Manolo señaló hacia el pueblo. En ese preciso momento, el sol salió de entre las nubes, se reflejó en los vitrales del campanario de la iglesia e iluminó todo el pueblo como si fuese una gloriosa y mágica joya.

—Es tan hermoso . . . —dijo María.

—Lo que estás sintiendo —le dijo Manolo— es lo que yo siento cada vez que estoy cerca de ti —se arrodilló al centro de un círculo de velas—. No te puedo ofrecer un anillo. No tengo nada más que dar que mi amor.

—Ay, Manolo . . . —dijo ella.

Manolo continuó: "No seré el héroe del pueblo, María, pero te juro con todo mi corazón, nunca, jamás, dejaré de amarte".

María le tocó la cará y se arrodilló frente a él.

—Y yo nunca dejaré de amar al hombre que toca con el corazón.

Era un momento muy bello hasta que la serpiente de Xibalba se arrastró fuera de las raíces del viejo árbol.

—¡Serpiente! —María le advirtió a Manolo, pero era demasiado tarde para que él escapara de los afilados colmillos de la serpiente. Con gran impulso lo apartó del camino. La serpiente la mordió a ella.

María cayó en los brazos de Manolo: "¡No!", gritó él. "¡María!".

La serpiente se arrastró de regreso y desapareció entre las raíces del árbol.

—¡Auxilio! —gritó Manolo en la noche.

*****

Un trueno retumbó antes de que comenzara a llover. Joaquín llegó a la orilla justo para ver a Manolo caminando en la lluvia cargando el cuerpo de María.

—¿Qué has hecho, Manolo? —preguntó Joaquín.

Manolo apenas podía hablar: "Había una serpiente . . . ella me salvó", dijo.

Joaquín chequeó la muñeca de María buscando el pulso: "María".

El pueblo comenzó a congregarse detrás de él.

Ahogándose en sus propias palabras, Joaquín reportó: "Se ha ido".

El pueblo entero estaba en shock.

—¿¡Por qué no la protegiste!? —Joaquín estaba furioso con Manolo. La medalla en su pecho comenzó a brillar y él puso la mano en la empuñadura de la espada, pero antes de que pudiese sacarla, el general Posada llegó corriendo.

—¡María! ¡Oh, no, oh, nooooo! —el general la puso entre sus brazos antes de volverse hacia Manolo—: ¡Esto es todo culpa tuya! Vete, o yo . . . —su voz se apagó—. Mi niñita. ¿Qué has hecho, muchacho? ¿Qué has hecho?

Manolo bajó la vista: "Debió haberme mordido a mí".

Joaquín estaba de acuerdo: "Sí, debió haberte mordido a ti".

Dejando a los demás encargarse de María, Manolo se llevó su pena y su dolor y se fue caminando solo.

*****

En el museo, los chicos miraron a Mary Beth con lágrimas en los ojos.

—¡No! ¿María murió? —Sasha no lo podía creer.

—¡No puede ser cierto! —dijo Sanjay.

—¿Qué clase de historia es esta? ¡Somos apenas niños! —hasta el chico gótico estaba afectado.

Mary Beth también estaba triste. Les dijo: "Mientras el cielo lloraba con lluvia, Manolo fue a buscar su guitarra".

*****

Llovía a cántaros. Todas las velas se habían apagado. Vapor y humo se elevaban en derredor creando una sensación sobrenatural.

Manolo encontró su guitarra en el suelo. Se arrodilló para recogerla y dijo suspirando: "No la volveré a ver jamás".

Xibalba en su disfraz de anciano, se paró detrás de él: "¿Estás seguro?", preguntó. Un relámpago reveló su verdadera identidad. "¿Quieres ver a María otra vez?", preguntó.

—Con todo mi corazón —respondió Manolo.

Xibalba se quitó el disfraz y retomó su antigua y divina forma: "Piensa bien lo que dices, muchacho", advirtió.

Otro relámpago reveló la forma de una calavera en la cara de Manolo. Él miró las palabras escritas en su guitarra. Sabía lo que quería: "Con todo. Mi. Corazón".

—Listo —Xibalba chasqueó los dedos y la serpiente regresó del árbol. Manolo se sorprendió cuando, de pronto, la serpiente de dos cabezas lo mordió duro.

—María —con el nombre en los labios, cayó sin vida en el suelo.

*****

Los chicos en el museo se quedaron boquiabiertos.

—¡No! ¿Manolo también? —preguntó Sanjay.

El chico gótico dijo: "¿Qué tienen los mexicanos con la muerte?".

Mary Beth se agachó junto a Sasha justo para escucharle decir: "Pero, no puede terminar así. ¿Verdad?".

Mary Beth puso una mano en la cabecita de Sasha y dijo: "Ah, mi niña querida, la muerte no es el final".

CAPÍTULO 14

Manolo se despertó al lado del mismo árbol junto al cual había caído. "¿Dónde estoy?", murmuró. Su guitarra estaba cerca. Todo parecía normal hasta que extendió una mano y descubrió . . . ¡que era un esqueleto!

—¡¿Qué!? ¡Guao! —se volvió y vio el Mundo de los Recordados: un sitio festivo y vibrante, lleno de belleza, música y magia.

Las calles estaban llenas de esqueletos felices ocupados en sus cosas cotidianas. Manolo se paró en una colina sobre la ciudad. Observó por un momento a los esqueletos abajo y en ese momento un globo aerostático se le acercó a darle la bienvenida.

El esqueleto que conducía el globo saltó fuera de la canasta. El capitán del Mundo de los Recordados dijo: "Bienvenido al Mundo de los Recordados".

—¡Llegué! —exclamó Manolo complacido.

El capitán dijo: "Y nada menos que en el Día de los Muertos".

—¿Dónde . . . dónde está . . . ? —dijo Manolo confundido mientras tanteaba buscando su guitarra.

El capitán le dijo: "Estarás un poco desorientado al principio. No intentes tratar de absorberlo todo de una vez. Empecemos con tu nombre".

Entonces Manolo recordó: "¡María Posada!", dijo.

El capitán buscó el nombre de María en la lista que llevaba: "¿De verdad? Estos padres y los nombres raros que les ponen a sus hijos. No hay ninguna María Posada en la lista".

—No, estoy buscando a María Posada —explicó Manolo.

—Oh —dijo el capitán que esperaba a que él le revelara su nombre.

—Mi nombre es Manolo Sánchez —dijo Manolo.

—¿Otro Sánchez? —el capitán lo miró con detenimiento—. Hombre, pero esa familia sigue creciendo.

Estas eran buenas noticias. "¡Mi familia! ¡Ellos me ayudarán a encontrar a María! ¿Me puede llevar a ellos?", exclamó Manolo.

—Me encantaría ayudar a reunir a una joven pareja —el capitán creó más espacio sobre su caballo—. Sujétate.

Manolo agarró su guitarra en una mano y el caballo con la otra mientras se iban al galope. "¡Guaooooooo!", gritó.

*****

Mary Beth les explicó a los chicos: "¡El Mundo de los Recordados era alegre y vibrante! ¡Todo era como en la superficie, pero más colorido, más hermoso, era más festivo! En el Día de los Muertos el lugar estaba lleno de fiestas y desfiles".

*****

El caballo se detuvo en un puente largo. Manolo observó un desfile espectacular que pasaba por la calle.

—Ahí, ¿ves? Tu familia va en ese —dijo el capitán.

—Guao —Manolo abrió mucho los ojos.

—¡Únete a ellos! —el capitán empujó a Manolo fuera del puente.

Manolo voló por el aire.

Un enorme esqueleto torero parado sobre una carroza azteca profusamente decorada lo agarró. "¡Otro matador Sánchez!", dijo el esqueleto poniendo a Manolo de pie en el suelo.

—¡Eres el increíble Carmelo Sánchez! —dijo Manolo asombrado.

—Sí. ¡Yo era famoso por torear sin capote! —se jactó Carmelo. Para demostrar lo increíble que era, arrojó su capote al suelo y escupió sobre el mismo.

Manolo estaba admirado del valor de su antepasado, pero él tenía una misión que cumplir. Sin tiempo que perder,

preguntó: "¿Me puedes ayudar a encontrar a María Posada?".

—La Muerte te puede ayudar. Ella ayuda a todo el mundo. Espera —dijo Carmelo. Una enorme piñata en forma de toro vino hacia ellos. Carmelo supo como esquivarla, pero Manolo no. La piñata se estrelló contra él con mucha fuerza. Cuando se partió por la mitad, una avalancha de caramelos le arrastró.

Su antepasado le gritó: "¡Espera por mí, pequeño Sánchez, yo te llevaré a ver a La Muerte!".

Manolo aterrizó de forma accidentada en el tablón de una carroza que parecía un barco español de 1492. Levantó la vista para descubrir que un conquistador torero había conquistado los restos del toro piñata.

—¡El gran Jorge Sánchez! —le reconoció Manolo.

—¡Para servirle! ¡Fui famoso por torear con una sola mano y una sola pierna! —Jorge le demostró su habilidad a Manolo.

Manolo se rió. Jorge miró a su pariente con detenimiento y preguntó: "¿Eres Manolo, el que toca la guitarra?".

Manolo se pasó la guitarra a la otra mano diciendo: "Sí, lo soy".

Jorge adoptó una mirada soñadora en su cara esquelética. "¿Sabes?, cuando era más joven, siempre soñé con cantar en la ópera", dijo.

Esto era en verdad una sorpresa: "¿De verdad?", preguntó Manolo.

Jorge asintió: "Pero como sabes . . .".

Manolo y Jorge recitaron al unísono las palabras de sus respectivos padres: "La música no es trabajo digno para un matador Sánchez".

Jorge dijo: "La misma historia". Compartieron un momento de tristeza.

Manolo le preguntó: "¿Me puedes llevar a ver a La Muerte?". Antes de que Jorge pudiese contestar, Carmelo saltó al otro extremo del tablón. Manolo voló como si hubiese sido lanzado por una catapulta.

—Él es nuevo —dijo Carmelo encogiéndose de hombros.

—Me recuerda a mí mismo, pero menos apuesto —respondió Jorge.

Manolo aterrizó en una carroza en forma de plaza de toros. En el medio de esta, tres grandes piñatas en forma de toros giraban en la brisa.

Manolo inmediatamente reconoció al siguiente matador en su familia: "¡Pues, claro, es Luis el Súper Macho Sánchez!".

Luis hizo una pequeña reverencia: "¡Yo era famoso por torear tres toros a la vez!". Escupió en tres direcciones y pinchó las tres piñatas con su espada. Cada una de ellas creó una explosión de caramelos.

—¡Abuelo! Soy yo, Manolo —dijo Manolo corriendo a abrazar a Luis mientras Carmelo y Jorge llegaban a la carroza.

Luis lo miró con detenimiento y sonrió con amplitud: "¡Manolo! Qué alegría verte". Entonces abofeteó a su nieto: "¿Por qué deshonraste nuestro apellido? ¿Tocando la guitarra? ¿Y ni siquiera pudiste acabar con un toro? ¡Eres un payaso!".

Un payaso Sánchez, montado en una bicicleta y con la cara pintada tocó su bocina.

—Disculpa, primo Chucho —se disculpó Luis poniendo un brazo en los hombros de Manolo—: Bienvenido a casa, mijo —le señaló una carroza que iba delante de ellos—: Tu madre estará muy feliz de verte.

Manolo se asombró: "¿Mamá?".

La carroza tenía forma de pirámide redonda con esqueletos danzantes en cada nivel. En el más alto estaba Carmen bailando sola.

La cara de Manolo dolía de tanto sonreír. Saltó hacia lo alto de la pirámide. Carmelo y Jorge y Luis le siguieron. Cuando Manolo llegó al tope, Carmen dejó de bailar.

—¿Manolo? —se asombró ella.

Era como si el tiempo se hubiese detenido. Los sonidos del desfile y la música se desvanecieron.

—¡Mamá!

Madre e hijo se abrazaron.

—¡Manolo!

CAPÍTULO 15

—Te he extrañado tanto —Manolo no quería soltar a su madre. La abrazó fuerte y se aferró a ella.

—Ay, mijo, ha sido como un agujero en mi corazón. He esperado tanto por ti —de repente lo apartó de ella—. ¡Pero no lo suficiente! ¿Qué haces aquí? ¡Es demasiado pronto!

Manolo le explicó: "Estoy aquí para reencontrarme con el amor de mi vida. Te va a encantar María, mamá".

Carmen suavizó su expresión: "Estoy segura. Ay, Manolo, te pareces mucho a tu padre. ¡Qué apuesto has resultado!".

—Y me hice torero, como tú querías —le dijo Manolo.

—¿Yo? ¿Estás loco!? ¿No has aprendido nada de la historia de la familia?

—¿Qué? Pero papá dijo . . .

Carmen estaba enojada: "¡Ese Carlos, déjalo que llegue a aquí abajo!".

Hizo volverse a Manolo hacia donde un grupo de sus antepasados se había congregado. Él les saludó con la mano a todos.

—Vamos, mijo —Carmen los presentó—. Les presento a mi hijo, Manolo.

Los toreros corrieron a abrazarle. Dos primas muy duras, las gemelas Adelitas, le estrecharon la mano y dijeron al mismo tiempo: "Hola, primo".

—Es increíble estar con toda la familia Sánchez y contigo, mamá —dijo Manolo.

La carroza de Carmen se detuvo ante un castillo en forma de árbol al centro del lugar. "Este el castillo de La Muerte", dijo Carmen.

—No lo veo —Carmelo estaba mirando en dirección opuesta. Jorge le corrigió: "Oh".

—Salvaje —murmuró Jorge.

Carmen puso un brazo sobre los hombros de su hijo: "Vamos, ella te ayudará a encontrar a mi nuera".

Las dos puertas enormes se abrieron y Manolo y su familia entraron al castillo. Candelabros de cristal en forma de esqueletos iluminaban la antesala y el techo estaba decorado con serpentinas y banderitas de papel. La familia cruzó un puente colgante hacia el salón del trono de La Muerte.

—¡Guao! Es tan hermoso —dijo Carmelo.

—¡Esto sí que es un castillo! —añadió Luis.

—Siempre fuimos sus favoritos —dijo Jorge—. Ya sabes como los toreros coquetean con la muerte, ¿cierto?

Carmen se quejó: "Y por eso es que hay tantos de ustedes aquí abajo. La Muerte está celebrando una gran fiesta para todos por el Día de los Muertos".

Carmelo caminó junto a una mesa con comida agarrando todo lo que podía.

Jorge apartó un plato fuera del alcance de Carmelo: "¡Animal!", le gritó.

Al final de la larga mesa, una figura estaba sentada de espaldas a Manolo y su familia.

Carmen le dio un empujoncito a su hijo: "Pregúntale, mijo".

Manolo dijo: "¿Mi señora, podía ayudarme a encontrar a María Posada?".

—¿A quién le estás llamando 'señora', torero? —la figura se volvió. No era La Muerte, era Xibalba. Los antepasados alrededor de Manolo gritaron y se echaron hacia atrás atemorizados—. El Mundo de los Recordados tiene un nuevo gobernante. ¿Quién, preguntas? Pues simplemente yo.

—¡Tú otra vez! —exclamó Manolo.

—Pero La Muerte nunca te hubiera entregado a ti su reino —dijo Luis nerviosamente.

Xibalba eructó de manera vulgar: "Perdió una apuesta".

—Oh, sí, eso le pasaría a ella —asintió Luis.

—¡Estos mundos son finalmente mías gracias a ti, Manolo! —sonrió con malicia Xibalba.

—¿Qué? —Manolo no comprendía para nada lo que Xibalba quería decir.

"Pues, La Muerte apostó que María se casaría contigo. Yo le aposté que María se casaría con Joaquín. Y ya que tú no estás más por allá . . . María se va a casar con Joaquín solamente para, ya sabes, proteger su querido pueblo —Xibalba alzó la vista hacia el Mundo de los Vivos—. Entonces, gané yo.

—Pero María murió. Yo la vi . . . —Manolo comenzaba a darse cuenta de lo que había ocurrido—. Oh, no.

—Oh, sí . . . —se rió Xibalba.

Manolo se cayó de rodillas. Luis puso su mano sobre la espalda de Manolo y preguntó: "¿Mijo, qué significa todo esto?".

Xibalba comenzó a jactarse sobre el truco que le había hecho a Manolo.

Cuando María yacía sin vida en su cama, Joaquín vino a visitarla. Se inclinó sobre ella y su medalla le rozó el brazo.

—Una mordida de serpiente apenas la puso en trance. Mi campeón despertó fácilmente a la bella durmiente —fanfarroneó Xibalba.

La medalla brilló, los párpados de María temblaron y abruptamente se sentó, tratando de respirar.

—¡Ay, Dios mío! ¡Es un milagro! —se alegró el general Posada.

—¡Gracias! —cantaron las monjitas y se persignaron mientras el Padre Domingo lo observaba todo orgulloso.

—Estoy . . . estoy . . . —comenzó a decir María.

En la tierra de abajo, Manolo terminó la frase por ella: "Viva".

Xibalba levantó una copa de la grandiosa mesa para hacer un brindis: "¡Salud!".

Manolo ponderó lo que acababa de saber: "¿Una mordida? Tu serpiente . . . ¡me mordió dos veces! ¡Hiciste trampa!". Estaba tan furioso que Luis y Carmelo tuvieron que agarrarle para que no atacara a Xibalba. "¡Vas a pagar por esto!", le gritó.

Xibalba se levantó y caminó encima de la mesa: "Soy todo oídos. Nadie, ni en este reino, ni en ningún otro, me ha hablado jamás de esa manera". Abrió sus alas portentosas y las cernió sobre Manolo enseñando cientos de dientes afilados: "Entonces, te pregunto, ¿me estás amenazando, muchacho?".

Los antepasados Sánchez estaban atemorizados, pero Manolo no: "¡Te descubriré ante La Muerte y luego tú y yo arreglaremos cuentas!", exclamó.

—Nunca llegarás hasta ella en su nuevo territorio. Yo lo sé muy bien, me podrí allí por millones de años —Xibalba chasqueó los dedos, lanzando a Manolo de vuelta a donde estaba su familia—. Ahora, si me disculpan, tengo una boda que planear. ¡Chao! —salió por el techo y desapareció.

*****

Mientras, en San Ángel, Carlos se arrodilló ante el árbol donde Manolo había sido mordido. Había allí un cartel con la cara de Manolo, un modesto altar con flores y velas y una guitarrita rota.

—Ay, Manolo . . . —dijo Carlos con tristeza—. Hay tantas cosas que quisiera haberte dicho.

Mientras tanto, en la habitación de María, Joaquín se sentó en el borde de la cama.

—¿Qué pasó? —le preguntó María—. Espera . . . ¿dónde está Manolo?

Los otros escondieron la mirada, y Joaquín contestó: "Lo siento, María. Manolo murió".

—¡No! —se levantó, pero tropezó y cayó—. No puede ser . . .

Sor Ana la agarró: "Lo siento".

Joaquín la sostuvo en sus brazos mientras ella sollozaba.

El general Posada le dijo: "María, todos sentimos la partida de Manolo, pero Joaquín acaba de salvarte la vida. ¿Ves?, él siempre te protegerá".

—General, este no es el momento —Joaquín trató de interrumpirle.

Pero el General Posada lo ignoró y llevó a María a una esquina solitaria de la habitación: "Por favor, por todos nosotros, mija, haz que se quede".

María miró a Joaquín. Este estaba claramente listo para dejar el pueblo a perseguir y luchar contra Chacal.

—¿Te quedarías en San Ángel si me caso contigo? —le preguntó ella.

Joaquín asintió, a sabiendas de que no era correcto: "Sí, pero no tienes que . . .".

—Acepto la oferta de Joaquín —le dijo ella a su padre.

Joaquín no podía creer lo que escuchaba. Le juró que se quedaría y que la haría feliz.

Al otro lado de la ventana, Xibalba suspiró: "Ay, amor de juventud".

*****

Manolo no podía dejar que Xibalba ganara. "¡Tengo que encontrar a La Muerte!", les rogó a sus antepasados. "Por favor, por favor, ayúdenme".

Estos se miraron entre sí nerviosos.

Carmen dijo: "Mijo, quédate aquí con nosotros".

—¡Sin tener preocupaciones! —dijo Luis.

—Muy buenas fiestas todos los días —añadió Jorge.

Los esqueletos gemelos Adelita agregaron: "Con toda la familia Sánchez".

Carmelo se estrelló contra Jorge: "¡Con todos los churros que quieras comer!".

Manolo miró a su familia. Era difícil, pero él sabía dónde pertenecía y no era precisamente allí. Al menos no aún.

—Gracias a todos, pero tengo que estar con María. Es lo único que siempre he querido.

*****

En el museo, Jane le preguntó a Mary Beth: "¿Cómo va a regresar Manolo?".

El chico gótico no lo podía creer: "¡Está atrapado allí para siempre! Y María se va casar con Joaquín".

—Está bien, está bien, ¿quieren que continúe la historia? —preguntó Mary Beth y esperó a que se calmaran—. Entonces, sólo algo estaba claro, que Manolo necesitaba la ayuda de su familia.

*****

—Si La Muerte está donde se pudrió Xibalba . . . —comenzó a decir Carmen . . .

—Entonces está en el Mundo de los Olvidados —terminaron las Adelitas.

Carmelo tembló: "Oh, no, oh, no".

Jorge le pegó un codazo a Carmelo diciendo: "¡Cállate!". Se volvió hacia Manolo: "Hay una sola manera de llegar al Mundo de los Olvidados: a través de la Caverna de las Almas".

Luis dijo: "Irse por allí significaría, sin dudas, su perdición".

Todos se miraron preocupados, menos Manolo. Levantó la cara con una fiera sonrisa diciendo: "Es un buen día para perderse".

*****

La familia entera aplaudió y le dijo adiós a Manolo, Carmen y Luis cuando ellos cabalgaron hacia el crepúsculo en sus caballos esqueletos. Manolo se sentía fuerte y listo para la victoria.

—¡Él es un Sánchez, te digo, un Sánchez! —dijo Luis.

—¿Sabes que lo que quieren hacer es imposible, cierto? —le preguntó Jorge a Carmelo.

Carmelo golpeó a Jorge en la espalda y siguió despidiendo a Manolo: "¡Buena suerte, pequeño Sánchez!".

La esperanza flotaba en el aire mientras los tres esqueletos aventureros de apellido Sánchez cruzaban el Mundo de los Recordados.

*****

—Se rumora que la legendaria Caverna de las Almas está en el fin del Mundo de los Recordados —Mary Beth les dijo a los chicos—. Muchos habían tratado de alcanzarla, pero ninguna había jamás regresado, al menos no sin un rasguño.

CAPÍTULO 16

Luis, Manolo y Carmen se acercaron hasta el Monte de las Almas. Cabalgaron hasta donde pudieron y luego tuvieron que seguir a pie.

La montaña se erguía frente a ellos como una pirámide maya. Una gran catarata caía desde el cielo hasta la superficie de la montaña donde plataformas muy inclinadas conducían a la boca de una inmensa calavera. Todo estaba recubierto en oro.

—Caramba, duele la vista de solo mirarle —Luis miró hacia otro lado.

El ascenso parecía imposible, pero no había otra manera. Paso a paso, el grupo avanzó lentamente hacia la entrada de la cueva en la boca de la calavera.

—¿Ya llegamos? —preguntó Luis. Nadie le respondió, así que cada unos pasos, él preguntaba otra vez—. Oigan,

¿ya llegamos? ¿Ya llegamos? —no dejó de preguntar hasta que llegaron.

Alrededor de la entrada de la caverna estaban los huesos rotos y triturados de aquellos que habían tratado de entrar sin conseguirlo.

—Llegamos, mijo —los huesos no asustaban a Luis. Manolo y su madre miraron los huesos y luego se miraron entre sí. Luis les dijo—: ¡Vamos! ¿Qué están esperando?

Corrió unos pasos hacia adelante cuando de pronto . . . ¡BAM!

Un muro enorme salió del suelo destruyendo a Luis y lanzando sus huesos volando en todas direcciones. La calavera gigante cobró vida. El Guardián de la Caverna rugió: "¡No eres digno de entrar!".

La cabeza de Luis pasó volando cerca de Manolo y Carmen antes de caer al suelo.

—¡Miren, ya no tengo artritis! —anunció Luis con felicidad.

—¡Abuelo! —Manolo se apuró a ayudarle.

De repente, una grieta se formó en el suelo y se extendió hacia Carmen y Luis con rapidez.

—¡Mamá! —Manolo corrió hacia su mamá recogiendo de paso la cabeza de Luis. Carmen y Luis lo esquivaron justo a tiempo, pero la fuerza del terremoto lanzó a Manolo patinando de espaldas mientras la tierra se abría a su alrededor.

—¡Manolo! —gritó Carmen.

Muros se alzaron alrededor de Manolo, atrapándolo en un inmenso laberinto.

—¡Enfrenta el laberinto y gánate el derecho a ser juzgado! —la voz del Guardián hizo eco por el lugar.

Carmen y Luis miraban desde arriba a Manolo en el laberinto. La tierra comenzó a retumbar otra vez, lanzando tres rocas enormes que rodaron hacia él. Manolo corría por el laberinto tratando de ser más rápido que las enormes piedras.

—¡No puedo verle! ¡Álzame! —le dijo Luis a Carmen. Ella levantó la cabeza de él por encima de los muros para que pudiese ver a dónde iba Manolo—: ¡Ya le veo! —dijo.

Justo entonces, un agujero se abrió y se tragó a Manolo. Este cayó varios metros directamente en dirección a una fila de pinchos que podrían resultar mortales, pero se las arregló para usar su guitarra para detener la caída justo a tiempo.

—¿Dónde se metió? —Luis no podía verle.

Manolo salió del agujero con mucho esfuerzo, pulgada a pulgada, hasta que vio la salida del laberinto.

Pero entonces Luis dijo: "Oh, oh".

—¿Qué? ¿Qué está pasando? —preguntó Carmen, presa del pánico.

—Está bien, muchacha, él está bien —Luis le aseguró

a Carmen y entonces le gritó a Manolo—: ¡Corre lo más rápido que puedas!

Manolo corrió hacia la salida, pero las tres rocas enormes le seguían de muy cerca. Manolo casi estaba libre cuando un nuevo muro se alzó frente a él bloqueando la salida. Sin ninguna otra opción, se volvió para enfrentarse a las rocas.

Utilizando un truco que había aprendido como torero, Manolo esquivó con gracia la primera roca como si estuviese toreando un toro.

Pasó sobre los otros dos y cuando el tercero regresó por él, se las arregló para usar los tres como escalones para quitarse de en medio. Aterrizó sin problema al otro lado. Las rocas chocaron entre sí y se pulverizaron.

Manolo miró hacia Luis y Carmen e hizo una pequeña reverencia.

—Eso fue hermosísimo —dijo Luis con orgullo y efusividad.

Pero el peligro no había pasado. La tierra comenzó a temblar otra vez y el suelo del laberinto se levantó hasta el nivel de Carmen y Luis.

Manolo se sentía listo para enfrentar un nuevo peligro hasta que vio lo que venía. La calavera gigante de la caverna se levantó revelando un esqueleto completo. Manolo dio un paso atrás. Este era el Guardián de la Caverna en todo su esplendor y derrotarlo sería mucho más difícil que todos los obstáculos que Manolo había enfrentado hasta ahora.

El Guardián alzó una enorme espada de obsidiana por encima de su cabeza, listo para golpear con ella: "Te has ganado el derecho a ser juzgado".

—Ay, ay, ay ay —dijo la calavera de Luis.

—Por María —dijo Manolo cerrando los ojos.

—¡Manolo! —gritó Carmen.

El Guardián de la Caverna blandió la espada con un intenso rugido.

Milagrosamente la espada de obsidiana se deshizo en un millón de pedazos al momento en que tocó a Manolo. El esqueleto estaba atónito. Esto era inesperado.

—Manolo Sánchez, tu corazón es puro y valiente —dijo el Guardián.

Carmen corrió a abrazar a su hijo.

—Tú y los tuyos pueden entrar —les dijo el Guardián bajándose otra vez para dejarles entrar.

—¡Ay, mijo! —Carmen abrazó a Manolo otra vez, y entonces le abofeteó— No hagas eso otra vez.

Manolo le sonrió a su mamá y a la cabeza de Luis y los guió hacia la caverna.

*****

Estaba oscuro en la Caverna de las Almas, mucho más que la noche más oscura y sin estrellas. Manolo desenfundó una de las dos espadas que había traído y las levantó como protección.

—¿Y esta es la Caverna de las Almas? —preguntó decepcionado Luis.

—¡Abuelo! ¡Más respeto! —Manolo gritó una advertencia mientras una figura siniestra se levantaba detrás de ellos. Manolo, Luis, y Carmen se prepararon. El antiguo ser tenía la forma de una campana gigante con una barba hecha de nubes. Su piel parecía de cera con un cálido brillo interior. Envuelto en varias túnicas con símbolos de diversas culturas antiguas, el Fabricante de Velas cargaba con un antiguo libro con encuadernado de cuero.

Era el Libro de la Vida, el mismo que Mary Beth les había mostrado a los chicos en el museo.

La solemne situación se tornó cómica rápidamente cuando el Fabricante de Velas se tornó muy animado. Era obvio que él no representaba peligro alguno: "¡Qué bien te quedó eso, hombre! ¡Las rocas gigantes pasaban '¡pao!' y tú les hiciste pase, pase y otro pase y entonces llegó el Guardián y él era todo . . .", y representó todo lo que había ocurrido e imitando la voz del Guardián gritó: "¡Te voy a juzgar con esta espada gigante!".

—¡Discúlpeme, señor! —trató de interrumpirle Manolo.

—Y entonces . . . lograron pasar —finalizó el Fabricante de Velas sonriéndole a Manolo.

Manolo apartó sus espadas y le dijo: "Tengo que encontrar a La Muerte".

El Fabricante de Velas silbó: "¿La Muerte? Lo siento, pero te la acabas de perder, Manolo", se encogió de hombros.

—Espera, ¿me conoce? —preguntó Manolo.

—¡Claro, hombre, conocemos a todo el mundo! —respondió el Velero. Miró más allá de Manolo—: Conocemos a Luis, Carmen y a Charco —hizo una pausa y preguntó—: ¿Cómo estás, Charco? —puso su mano sobre el charco para darle una palmada y darle cinco. El charco no se movió, era sólo un charco.

—¿Qué? —Luis miró a Carmen queriendo decir que este tipo estaba loco.

*****

De regreso en el museo, los chicos estaban fascinados.

—¡Guao! Este tipo tiene más nueces en la cabeza que la caca de ardillas —dijo Jane.

*****

El Fabricante de Velas condujo a la familia Sánchez por un estrecho corredor: "¡Todo está aquí, en el Libro de la Vida! Ah, ¿pero dónde están mis modales? ¡Entren!".

De repente, el piso bajo sus pies se convirtió en una plataforma de elevador en forma de calavera. Subieron y subieron más allá de techo hecho de nubes. Cuando llegaron a lo más alto, el Fabricante de Velas se apartó para que ellos pudiesen entrar a una sala iluminada por miles de millones de velas. El techo se alzaba sobre cuatro esqueletos gigantes que representaban las cuatro estaciones del año.

—¡Bienvenidos a la Caverna de las Almas! —dijo el Velero—. Mi casa es su casa.

—¡Esto sí que es una caverna! —dijo Luis impresionado.

—¿Ven todas estas velas? —el Fabricante de Velas explicó—. Cada una de ellas es una vida —Levantó sus brazos abiertos con una sonrisa amplia y se presentó formalmente—: ¡Y yo soy su modesto, pero muy apuesto, Velero!

El Libro de la Vida aplaudió a su amigo.

Manolo, Carmen y Luis no sabían si debían aplaudir también: "No entiendo nada", dijo Luis.

—Esperen, no lo hice aún, lo tengo que hacer. Miren esto —el Fabricante de Velas aplaudió y cientos de velas comenzaron a volar alrededor de ellos—. Genial, ¿no? Esta es nuestra labor, esto es lo que hacemos —los Sánchez miraban con asombro las velas flotantes y la figura divina ante ellos.

—¡Guao! —exclamó Luis.

El Fabricante de Velas señaló hacia arriba y voló hacia una sección de velas, todas titilando en la brisa. "¡Miren! Este grupo, este es del pueblo de ustedes. Y aquí", dijo, "esa es María". Agarró dos velas. Una brillaba con intensidad y la otra se había apagado, un hilo de humo se elevaba desde ella. "Y junto a ella, Manolo", levantó un hombro a medio encoger. "Una ardiendo con la llama de la vida y la otra, 'paf', acabada".

Dirigió su atención hacia el Libro de la Vida: "Ven, mientras alguien vivo les recuerde, ustedes podrán seguir viviendo en el Mundo de los Recordados". Luego de chequear una página exclamó: "¡Ay, Cahuenga!".

—¿Qué pasó? —preguntó Manolo.

—¡Chacal está en camino! Con él llegará el fin de su poblado —el Fabricante de Velas sostuvo el libro abierto y este mostró a Chacal con sus hombres corriendo hacia San Ángel y entonces el pueblo fue consumido por el fuego en un instante.

—Todos seremos olvidados —dijo Carmen tristemente.

—Por favor, señor Velero, ayúdeme a regresar —Manolo pidió con una expresión de determinación en su cara.

—No puedo hacer eso, Manolo —el Fabricante de Velas dijo, pero en ese momento el Libro de la Vida le tocó el hombro y se abrió. "¡Ay, caramba!", el Fabricante de Velas miró dos veces para asegurarse de lo que veía.

Luego de una corta conversación con el libro, el Fabricante de Velas le dijo a la familia Sánchez: "Está bien, está bien, miren, el Libro de la Vida lleva en sí mismo las historias de todas las personas, pero las páginas sobre Manolo . . . están vacías".

El Fabricante de Velas le dijo a Manolo con emoción: "No viviste la vida que estaba escrita para ti. Estás escribiendo tu propia historia".

CAPÍTULO 17

La familia Sánchez se asombró: "¿Y eso es algo bueno?", preguntó Luis.

—Entonces, ¿eso significa que me ayudará a encontrar a La Muerte? —añadió Manolo.

El Fabricante de Velas reflexionó por un momento: "Bueno, no debo interferir, pero es posible que pueda doblar las reglas, sólo un poquito". Levantó otra vez sus brazos abiertos: "Después de todo es el Día de los Muertos, ¿cierto, Libro?".

El Fabricante de Velas alzó las manos y una cascada que había en la caverna se abrió para mostrar una puerta escondida. "Vamos, hagámoslo, te llevaré a ver a La Muerte", el Fabricante de Velas dio un paso hacia adelante.

—Voy a ir solo —dijo Manolo adelantándosele.

—Espera —dijo el Velero.

La cabeza de Luis saltó a los brazos de Manolo: "¿Solo? Pues bien, yo también voy a ir solo, al lado tuyo".

—¿Puedo decir algo? —el Fabricante de Velas trató de explicar algo, pero Carmen dijo—: Debemos irnos.

Los ojos vacíos de Luis le dieron una mirada penetrante a Carmen: "¿Debemos? No, es demasiado peligro para una dama".

Ignorándolo, Carmen corrió hacia la entrada en la catarata y desapareció a través de ella.

El Fabricante de Velas trató una vez más de detenerles: "En realidad es que, ah . . .", comenzó a decir. "¡Esperen!".

—Sin retirada —le interrumpió Manolo—. ¡Sin rendición! —saltó a través de la cascada llevando consigo la cabeza de Luis.

El Fabricante de Velas agarró el Libro de la Vida y le dijo: "Ya sé, ya sé, traté de advertirles". Los siguió a todos a través de la cascada hacia lo profundo del Mundo de los Olvidados.

Cayeron. Parecía una eternidad. Lo único que Manolo podía ver eran las afiladas rocas y estalagmitas del fondo de la caverna.

De alguna manera, se detuvieron a unos centímetros del suelo, flotando momentáneamente en el aire.

¡*Clank!* De repente el Libro de la Vida los agarró a todos en el último momento. Manolo aterrizó de manera incómoda en la cara del libro, mientras Luis se agarraba del lomo

del libro con sus dientes. Carmen era la única que estaba parada correctamente, perfectamente balanceada.

El Fabricante de Velas flotaba junto a ellos en el descenso mientras Luis se aferraba al libro.

—¿Estás seguro de que estamos en el lugar correcto? —preguntó Luis.

—¡Claro que lo están! Ustedes los Sánchez deben mirar antes de saltar dentro de cascadas mágicas. ¿Qué pasa si saltan dentro de la equivocada? Pueden acabar en Texas.

La cara de Luis se iluminó: "Creo que yo morí allí".

El resplandor que provenía del cuerpo del Fabricante de Velas iluminaba toda el área alrededor de ellos. Había decenas de edificios y pirámides destruidos. Con un movimiento de su mano, el grupo siguió levitando, alejándose de las rocas afiladas y aterrizaron suavemente en terreno llano.

—Bienvenidos al Mundo de los Olvidados. ¿Triste, no? —y mientras el Fabricante de Velas decía esto, tres esqueletos que se desmoronaban salieron de entre las sombras. Sus gemidos haciendo eco con dolor y pena.

—¡Pobrecitos! —exclamó Carmen.

—Qué partida de tristones —Luis pensaba que todo aquello era muy cómico, pero Carmen y Manolo le dieron miradas de desaprobación—: ¿Qué? Ustedes estaban pensando lo mismo —se defendió.

—¡Abuelo! —se quejó Manolo—. ¡Vamos, no digas eso!

—¿Saben de qué se olvidaron ellos? Se olvidaron de limpiar. ¡Huele a basurero! —se quejó a su vez Luis.

—¡Luis, cállate! —Carmen trató de callarlo una vez más.

Caminaron en silencio por un rato hasta que el Fabricante de Velas se detuvo—. Ahí está, el castillo de Xibalba.

Frente a ellos, una gran estalactita era un enorme castillo colgado de cabeza.

Dos cabezas de serpiente talladas en la roca conducían a la escalinata de entrada. Manolo, Luis, Carmen, el Libro de la Vida y el Fabricante de Velas cruzaron el foso lleno de lava incandescente sobre un puente en forma de serpiente y entraron al castillo.

La Muerte estaba en el salón del trono.

Manolo fue, sin perder tiempo, a reunirse con ella en el balcón desde el que se dominaba todo el territorio: "Mi señora La Muerte, necesito hablar con usted".

Ella se volvió sorprendida al verle allí: "¿Manolo? ¿Cómo llegaste aquí? No estás olvidado".

Él señaló a su familia y amigos: "Tuve un poco de ayuda".

—Hola —el Fabricante de Velas le dio a La Muerte una mirada suave y amorosa.

—¡Velero! ¡Carmen! ¿Y la cabeza de Luis? —chasqueó los dedos y los huesos de Luis aparecieron volando en el salón y se volvieron a ensamblar.

—Bien, regresó mi artritis —se quejó Luis. Carmen le hizo callarse.

Manolo fue directo: "Sé sobre la apuesta".

La Muerte estaba avergonzada, pero antes de que ella pudiese disculparse, Manolo le dijo: "Xibalba hizo trampa".

—¿Él hizo qué? —sus ojos se llenaron de fuego.

Manolo continuó: "¡Sí, con la serpiente de las dos cabezas!".

La Muerte entrecerró los ojos y su mandíbula se puso tensa. La tierra comenzó a temblar con su ira. Su poder llenaba todo el salón.

—¡Es mejor que se cubran los oídos ahora! —advirtió a los otros el Fabricante de Velas mientras ella chillaba—: ¡XIIIIII-BAALLL-BA!

Hubo un gran relámpago y Xibalba apareció con dos copas y una botella elegante. Le sonrió a La Muerte, claramente sin saber lo que iba a ocurrir.

—¿Sí, mi . . . . —vio a Manolo— . . . querida? Ooooh.

La Muerte estaba furiosa: "¡Tú, hijo bastardo de burro leproso! ¡Hiciste trampa! ¡Otra vez!".

—¡No hice tal cosa! —las palabras de Xibalba no eran muy convincentes.

La Muerte puso la mano dentro de la barba de Xibalba y sacó la serpiente de dos cabezas.

—Oh, eso, eso tiene mente propia —Xibalba rápidamente

la convirtió en un bastón—. O dos mentes propias —se rió con nerviosismo.

—Eso es imperdonable —dijo La Muerte, cada palabra sonando como una amenaza.

Xibalba no se rendía: "¡Ay, por favor! Jamás envié la serpiente a María y jamás le di la medalla a Joaquín . . .", se quedó quieto al darse cuenta de que había dicho demasiado.

—¿Qué medalla? —preguntó ella en tono punzante.

Xibalba trató de corregirse: "¡La que yo nunca le di, nunca, para nada, jamás! ¿Quién es este Joaquín?", se estaba embadurnando más de lo que se daba cuenta.

La Muerte le agarró por los bigotes: "¿Le diste la Medalla de Vida Eterna a Joaquín?".

En una vocecita pequeñita él respondió: "¿Sí?".

¿Medalla de Vida Eterna? —Manolo repitió. Nunca había escuchado de ella.

—Quien lleva la Medalla de Vida Eterna nunca será herido ni morirá —explicó La Muerte.

—Jeje —chilló Xibalba.

La Muerte estaba lista para aplastar a Xibalba y hacerlo polvo cuando Carmen le tiró del vestido y le pidió: "¿Me ayuda a elevarme?".

La Muerte levitó a Carmen hasta que esta estaba al mismo nivel de la cara de Xibalba. Con toda la fuerza de su esqueleto, Carmen lo abofeteó tres veces.

Luego se volvió a La Muerte y dijo: "Gracias".

—¿Le puede abofetear yo también? —preguntó con una sonrisita el Velero.

—Mi hijo no se merecía esto —dijo Carmen.

—Vamos, tengo que regresar —le exigió Manolo a Xibalba.

—Es simplemente justo —estuvo de acuerdo La Muerte.

Xibalba se cruzó de brazos con obstinación.

—Por favor, Balby —dio La Muerte acariciando la calavera de su esposo.

Toda la familia Sánchez estaba sorprendida.

—¿Balby? —repitieron todos a la vez.

—No. Nunca —rehusó Xibalba.

La Muerte se puso más furiosa aún: "Es mejor que hagas esto", dijo entre sus apretados dientes.

—No —dijo él otra vez.

—¿Hacemos una apuesta entonces? —Manolo estaba dispuesto a hacer cualquier cosa por ver a María otra vez.

Eso les hizo prestar atención: "¿Una apuesta?", los dos soberanos dijeron al unísono.

—Si gano, me devuelven mi vida —les dijo Manolo.

Xibalba se rió de la sugerencia: "No posees nada que yo pueda desear", le dijo.

—Yo apoyaré a Manolo —La Muerte dijo—. Si ganas, Xibalba, podrás gobernar los dos mundos.

Manolo estaba decidido: "Ustedes ponen las reglas. Cualquier prueba que deseen y yo te derrotaré". Xibalba no estaba completamente convencido, así que Manolo trató de incitarlo un poco más: "¿Qué?", dijo con burla. "¿Temes que puedas perder?".

—¿Qué estás haciendo, muchacho? —preguntó el Velero, que no podía creer lo que escuchaba.

Manolo le ignoró: "¿Trato hecho?", le preguntó a Xibalba.

Xibalba sonrió: "Trato hecho. Y ahora . . .", se acercó a unos centímetros de la cara de Manolo: ". . . cuéntame, muchachito, sobre lo que no te deja dormir en la noche. ¿Qué preocupaciones te consumen? ¿A qué le tienes más miedo?".

Los ojos de Manolo se abrieron mientras un trueno se escuchaba desde arriba. La cara de Xibalba se alargó en una sonrisa malévola: "Ahora lo sé".

Xibalba chasqueó los dedos y Manolo se vio de pronto en una plaza de toros, vestido de torero y listo para torear.

Los antepasados Sánchez estaban sentados en los palcos. Al otro lado de ellos, Xibalba, La Muerte y el Fabricante de Velas observaban con anticipación.

Xibalba gritó las reglas: "Manolo Sánchez, tendrás de que derrotar a todos los toros con los que la familia Sánchez haya acabado en el ruedo".

—¡Esos serían miles de toros! —dijo Luis con expresión de asombro.

—¡Todos a la vez! —añadió Xibalba, hacienda la prueba aún más difícil—. Si completas esta faena, vivirás otra vez.

Y entonces, el decreto final: "Si no la completas, serás olvidado, ¡para siempre!".

—Esto es imposible de hacer —tembló el Velero.

Los portones de la plaza comenzaron a abrirse. La tierra tembló como en un terremoto. En un instante, el ruedo estaba lleno de toros.

Manolo solo podía hacer una cosa, no tenía otra opción: "¡Vamos, toro! ¡Venga!", comenzó a torear.

—¡Olé! ¡Olé! —la multitud le animó.

—¡Tú puedes! —gritó Carmelo.

Manolo pudo esquivar los primeros toros, pero estos rápidamente comenzaron a tomar ventaja sobre él golpeándolo por todos lados. No era una pelea justa.

Siguió siendo golpeado una y otra vez, hasta que finalmente cayó al suelo.

CAPÍTULO 18

En San Ángel, Ignacio y Luka salieron corriendo del bosque cerca de la colina donde Manolo le propuso matrimonio a María. Un bandido les perseguía.

De repente, Carlos salió de detrás de un árbol y de un golpe dejó inconsciente al bandido: "¿Ustedes están bien?", les preguntó a los huérfanos.

—¡Viene Chacal, con todo su ejército detrás! —anunció Ignacio, con voz temblorosa.

—Vayan y avísenle al resto del pueblo, muchachos — Carlos miró en la distancia—. Les ganaré algún tiempo.

Un gran grupo de bandidos, todos con antorchas, salieron de la oscuridad.

Carlos sacó dos espadas y se les enfrentó: "¿Quién quiere ser el primero?"

Chato se rió siniestramente e hizo que el grupo de

bandidos se dividiera para mostrar a su líder, Chacal. Carlos suspiró al ver el anillo de rey de los bandidos.

Chacal era al menos dos veces más alto y corpulento que la mayoría de sus hombres. Los bandidos se encogieron con miedo y reverencia mientras este marchó hacia adelante y dijo: "Odio a los toreros".

—Entonces ven y pelea —Carlos rugió y levantando las dos espadas arremetió contra Chacal.

En la Caverna de las Almas una vela parpadeó y se apagó.

*****

Esqueleto Carlos llegó a la corrida de toros justo a tiempo para ver a Manolo ser golpeado sin piedad por los toros. La Muerte se quedó sin aliento al ver a su campeón siendo derrotado.

Carlos se inclinó hacia ella y le preguntó: "¿Qué está pasando?".

Carmen conocía bien esa voz querida: "¿Carlos?", corrió a abrazarlo.

—¡Carmen! —dijo Carlos.

El Fabricante de Velas gritó desde el palco de los jueces: "¡Manolo! ¡Aquí está tu padre!".

Manolo logró pararse: "¿Papá?".

Con tristeza en su corazón, Carlos le gritó las terribles noticias a su hijo: "¡Chacal y sus hombres están a las puertas de San Ángel!".

—¡Tienes que apurarte, mijo! —dijo Carmen.

Tambaleándose, Manolo abrió su capa, pero ahora ya no había miles de enormes toros. Se estaban combinando para formar una enorme bestia gigante. La bestia rugió tan fuerte que hizo volar los sombreros de las cabezas de los espectadores.

—Hombre, este es un gran bulto de toro —comentó el Velero.

*****

Sin saber que el pueblo estaba a punto de ser atacado, María y Joaquín estaban celebrando su boda.

Una lágrima solitaria rodaba por la mejilla de María mientras el Padre Domingo le preguntó: "¿María Posada, aceptas a Joaquín como tu legítimo esposo?".

María dijo con honestidad: "Sí, por San Ángel, lo acepto".

—¿Y Joaquín, aceptas a María como tu legítima esposa? —Joaquín hizo una pausa, miró a María, pero ella no le miraba a los ojos. El general Posada estaba sentado en un banco, golpeando el suelo con un pie impacientemente, mientras esperaba la respuesta de Joaquín. Joaquín sabía que María sólo se estaba casando con él para proteger el pueblo. *Esta no era la manera en que las cosas debían haber sucedido. Manolo era su verdadero amor,* pensó tristemente.

—Yo . . . —Joaquín comenzó a decir cuando los vitrales

al fondo de la capilla explotaron en millones de pequeños fragmentos de cristal.

Ignacio y Luka corrieron dentro de la iglesia y anunciaron: "¡Chacal está aquí!".

Joaquín le echó una mirada al uniforme que había elegido para la boda. Tenía muchas cintas y distinciones ensartadas en la chaqueta, pero no la que necesitaba. "¡Mi medalla, está en el otro traje! ¡Tengo que irme!", se fue corriendo de la capilla sin mirar atrás.

El general Posada se volvió hacia su hija: "¡Pero, María, Joaquín es el único que puede derrotar a Chacal!".

—Nos podemos enfrentar a él juntos, papá —respondió María quitándose el velo.

*****

—¡Toro! ¡Toro, venga! —Manolo se enfrentó al enorme animal—. ¡Venga toro, venga! —le incitó.

El toro embistió. Manolo fue sorprendido por su velocidad y cuando el toro chocó contra él, quedó aplastado contra la pared del ruedo.

—¡Levántate y pelea como un Sánchez! —gritó Luis.

Junto a ellos, la bisabuela Sánchez apareció en el palco, sacudió la cabeza y dejó a un lado su tejido.

Luis se dio la vuelta.

—¿Mamá? ¿Qué estás haciendo aquí? —preguntó.

—Bah —se encogió ella de hombros—. Colesterol.

*****

Chacal y sus hombres entraron a San Ángel a través de un puente. Se paseó confiado por el pueblo. Sus hombres le siguieron, riendo mientras destruían todo a su paso.

María y el general Posada trataban de calmar a los pobladores.

Habiéndose cambiado de ropa, María estaba lista para la batalla, luciendo ahora una saya típica folclórica.

—¡Todos, escuchen y cálmense! —le dijo a la multitud.

Pancho tocó una música tensa. Pepe le golpeó con su sombrero.

—Sé que tienen miedo, pero miren a su alrededor. ¿Saben lo que yo veo? —María preguntó. Los soldados cobardes se miraron los unos a los otros—. Veo gente orgullosa lista para pelear por su amado pueblo.

Las monjas se tomaron de las manos mientras el Padre Domingo se escondía detrás de ellas.

María alzó una espada en una mano y una horquilla en la otra: "Y veo dentro de cada uno de ustedes una fuerza inmensurable", miró a los hermanos Rodríguez. "Sí, Pepe, hasta en ti". Se paró de puntillas y le dio un beso a Pepe en la mejilla.

Pepe se sonrojó.

Chacal y sus hombres se acercaban a la iglesia. María les podía escuchar y dijo: "Este Día de los Muertos no será olvidado jamás".

Padre Domingo se quitó su hábito de cura y se puso una colorida máscara de lucha libre. Estaba listo para proteger su pueblo.

—Vamos a enseñarle a Chacal que está jugando con el pueblo equivocado —María alzó su espada. Su cabello y su saya flotaron en el viento. Lucía como una heroica guerrera—: San Ángel, te juro por nuestros antepasados, que no caeremos, no hoy.

El general Posada estaba a su lado. Chuy ululaba como un coyote.

El pueblo estaba listo.

Chacal y los bandidos se detuvieron al borde del cementerio: "¡Medalla!", gritó Chacal.

María y el general se les enfrentaron alzando sus espadas: "¡No hoy!", dijo María otra vez. Los pobladores les animaron.

La batalla estaba a punto de comenzar cuando apareció Joaquín, alto y orgulloso encima de su caballo blanco. Sus medallas titilaban en la luz.

—¡Jooaaquín! —gritó su propio nombre mientras desmontaba su caballo. Luego de una pequeña pausa para arreglarse el sombrero, Joaquín se unió a los otros en la primera línea.

—¿Dónde has estado? —preguntó María.

Antes de que Joaquín pudiese responder, el general Posada dijo: "Gracias a Dios, estás aquí".

La paciencia de Chacal se había terminado: "¡Me das esa medalla, ahora mismo!".

—¿En serio? ¿Todo esto por una medalla? —María abrió la chaqueta de Joaquín para revelar la Medalla de Vida Eterna.

Joaquín la apartó: "Ahora no, María, es la hora de Joaquín".

Con un agigantado paso hacia adelante, Joaquín rodó como un gimnasta, acercándose lo suficientemente a Chacal como para propinarle un buen golpe; pero el rey de los bandidos dio un manotazo y lanzó la medalla al otro lado del cementerio.

Los dos se miraron el uno al otro por un tenso momento antes de que Joaquín dijera: "Oiga, amigo, vamos a conversar sobre esto . . ." ¡Bam! Antes de que Joaquín pudiese terminar, Chacal le asestó un golpe que lo noqueó y lo lanzó volando al otro lado del cementerio.

—¿Joaquín? —dijo el general Posada con incertidumbre.

Los pobladores y los bandidos estaban atónitos ante este suceso. El héroe había caído.

CAPÍTULO 19

—¡Toro! ¡Venga toro! —con decisión inquebrantable, Manolo se enfrentó al monstruoso toro.

El toro embistió a Manolo voleando su cabeza.

Manolo logró hacer una maniobra increíble y le esquivó. El peso del toro hizo que este se acelerara y se estrellara contra la pared.

¡La multitud enloqueció!

—¡Se desmayó la bestia! —Luis nunca había estado tan contento.

—Ahora termínalo —dijo Carmelo.

La plaza entera animó a Manolo cuando este se apuró a recoger sus armas.

Las espadas estaban junto a su guitarra. Manolo extendió una mano hacia ellas, pero al ver su reflejo en el metal se detuvo. Con rapidez, miró a los ojos de su madre en las gradas. Asintió y dejó las espadas, agarrando en vez su guitarra.

La multitud estaba horrorizada.

—¿Qué está haciendo? —Luis estaba desconcertado.

Carmelo dio un gemido de desaprobación.

Pero Jorge y Carmen vieron algo que los otros no vieron. Le sonrieron a Manolo mientras él se acercaba al toro caído.

El toro se levantaba, resoplando y furioso, sacudiéndose el polvo. Fuego salía de sus narices y su boca, como un dragón.

Manolo no vaciló, respiró profundo y comenzó a tocar. Inventaba la letra de la canción mientras tocaba. Cada palabra era una disculpa por los muchos años en que su familia les había hecho daño a los toros en el ruedo.

Xibalba pensó que la victoria era suya. El toro simplemente no dejaría vivir al cantante así como así. Esto era ridículo.

El toro rugía yendo en dirección a Manolo. Levantó una pata y resopló, pero en vez de pisotear a Manolo, pisó la tierra en la cercanía con fuerza. Cuando el polvo se asentó, Manolo se arrodilló frente al toro.

El toro le hizo una reverencia.

La mandibular esquelética de Xibalba se cayó con la sorpresa.

La Muerte le sonrió a la multitud, vivas se elevaron más altas que antes.

Con mucho cuidado, Manolo puso su mano en la nariz de la criatura. El toro comenzó a deshacerse suavemente, a desmoronarse haciéndose polvo y se esparció flotando como pétalos en el viento.

—¡Lo logró! —el Fabricante de Velas saltó de alegría.

—Sí, lo logró —dijo La Muerte sonriendo.

Xibalba gruñó: "Sí, le concedo la victoria".

Lágrimas corrían por la cara de Carlos mientras Carmen le abrazaba.

—¿Pero cómo logró esto Manolo? —se preguntó Carlos.

—Él es un Sánchez —respondió su esposa.

Toda la familia Sánchez corrió hacia el ruedo: Carmen y Carlos, Jorge y Carmelo, la bisabuela y Luis. Fue una gran celebración.

*****

Mary Beth les dijo a los chicos en el museo: "Xibalba se equivocó. El peor miedo de Manolo no fue nunca el toreo".

*****

Carlos le dijo a su hijo: "Te dije que un hombre Sánchez nunca se disculpa".

—Papá, yo . . . —comenzó a decir Manolo, pero su padre le interrumpió diciendo—: "Pero tú acabas de cambiar eso. Debía haber sido un mejor padre. Lo siento mucho.

—No, tú solamente querías lo mejor para mí —dijo Manolo.

—Estoy tan orgulloso de ti, hijo mío —dijo Carlos abrazando estrechamente a Manolo.

—Te quiero, papá —Manolo le dijo a su padre.

Todos los antepasados Sánchez se abrazaron en un abrazo de grupo.

*****

Mary Beth dijo: "En ese momento, Manolo había conquistado su miedo mayor: ser él mismo".

*****

La muchedumbre gritaba emocionada repitiendo el nombre de Manolo. Sus gritos y risa podía haber durado para siempre si Manolo no estuviese tan apurado por regresar a San Ángel. Los antiguos dioses interrumpieron el aplauso.

—De acuerdo a las Antiguas Reglas —comenzó el Velero.

Xibalba y La Muerte continuaron a la vez: "Te devolvemos la vida".

Un rayo de luz se extendió desde sus entrelazadas manos.

Manolo se cubrió. Entonces, de repente, comenzó a elevarse. En un deslumbrante destello de luz, se transformó en un hombre vivo.

*****

En el Mundo de los Vivos, el pueblo de San Ángel luchó valientemente, pero para el crepúsculo, habían perdido la batalla.

Joaquín yacía derrotado en el suelo, sujetado por varios bandidos: "Déjalos vivir", rogó.

La Medalla de Vida Eterna estaba a los pies de Chacal. La recogió y rugió victorioso: "¡La medalla es mía!".

¡CRAC!

La tierra del cementerio se abrió y de ella salió una nube de humo. Todos fueron empujados por la enorme fuerza. La explosión lanzó la medalla volando fuera de la mano extendida de Chacal.

Manolo apareció en el cementerio, aterrizando de manera perfecta.

—¿Qué? —Chacal parpadeó sorprendido ante la figura parada frente a él.

—¿Manolo? —María no comprendía cómo él podía estar allí.

Caminó hacia María rápidamente, la ayudó a levantarse, la agarró por el talle y la estrechó en sus brazos. Manolo la besó con todo el amor de su corazón.

—Pero . . . —Chacal comenzó a decir.

Manolo levantó una mano, haciendo callar a Chacal sin siquiera mirar. Chacal estaba tan sorprendido que en verdad se calló.

Manolo se tomó su tiempo para terminar el apasionado beso, y entonces soltó a María. Volviéndose a Joaquín: "Agarra esto por mí, amigo", le dio la guitarra a su amigo.

Alzando dos espadas pesadas, Manolo se enfrentó a Chacal: "Me dice mi padre que odias a los toreros".

Chacal también tenía dos espadas. Las alzó para igualar a Manolo y escupió en el suelo: "Odio a todo el mundo", gruñó.

—Pues, hagamos esto —Manolo voleó una espada por el aire.

—¿Tú y cuál ejército? —se rió Chacal.

—¡Sí, hombre! —Chato comenzó a reírse. Los bandidos reían también.

En ese momento llegó el ejército: los esqueletos Carlos, Jorge, Carmelo, Luis, Carmen, las gemelas Adelita, el tío Chucho y la bisabuela aparecieron por arte de magia.

Los bandidos no sabían qué hacer mientras el ejército de esqueletos formaba un muro de protección alrededor del pueblo.

Los pobladores se quedaron sorprendidos y silenciosos por un momento. Luego entonces comenzaron a animarles.

Manolo se volvió para ver a La Muerte, Xibalba y el Fabricante de Velas observando desde el campanario de la iglesia. Lucían todos muy majestuosos, poderosos y divinos.

—Es el Día de los Muertos, Manolo —le dijo La Muerte.

—Y en nuestro día tenemos cierta cantidad de . . . —Xibalba abrió sus alas.

—. . . libertades —La Muerte dijo guiñando un ojo.

—¡Buena suerte! —dijo el Velero.

—¡Gracias! —Manolo estaba agradecido.

Los antiguos dioses sonrieron y desaparecieron.

Los ancestros evaluaron la situación con detenimiento: "Las probabilidades están en nuestra contra", dijo Jorge.

Luis sólo sonrió: "Justo como me gusta a mí".

Joaquín y María, cada uno con una espada, estaban a cada lado de Manolo. Los tres amigos, reunidos otra vez, sonriéndose entre sí.

María alzó la mirada y les preguntó a sus muchachos: "¿Sin retirada?".

Manolo y Joaquín contestaron juntos: "Sin rendición".

Los bandidos se retiraron a una cierta distancia dejando a Chacal solo.

—¡Lo va a hacer! —dijo la bisabuela.

—¡Familia Sánchez . . . —Luis encabezó la carga— al ataque!

Manolo, Joaquín y María corrieron hacia Chacal. Chacal era tan grande que tumbó con facilidad a Manolo y mantuvo a distancia a Joaquín.

*****

A un lado del cementerio, Jorge cantaba ópera mientras derrotaba su propio grupo de hombres de Chacal. Cuando terminó, se alejó de los bandidos de un salto, aterrizando con gracia en su propia tumba. Hizo una reverencia teatral. Fue un espectáculo fabuloso.

Los bandidos abandonaron sus armas y armaduras. Hasta sus bigotes cayeron al suelo. Uno de ellos comenzó a aplaudir esperando una repetición.

—¡Y te toca! —le gritó Jorge a Carmelo. Carmelo se abrió paso entre la multitud dando volteretas y saltando al ritmo de la canción de ópera que cantaba Jorge. Mientras él aterrizaba, la Medalla de Vida Eterna voló por los aires . . .

. . . y cayó a los pies de las gemelas Adelita que peleaban como guerreros. Comadreaban mientras derrotaban a un bandido tras otro: "Pues me dijo 'creo que luces bien, me gusta tu cabello'. Y yo le dije 'y a mí me gusta tu cabello . . .'".

La pelea se detuvo al igual que el comadreo de las gemelas cuando una de las hermanas se percató de algo importante: "¿Son esas mis botas?", preguntó horrorizada.

—Se ven mejor en mí —dijo la otra, con expresión de culpabilidad.

Las muchachas corrieron persiguiendo a otro bandido: "¡Ven aquí, querido!", dijo una mientras su falda empujaba la medalla.

La medalla le dio de plano en la cara a Cuchillo. Este sonrió con una mueca diabólica antes de que una mano esquelética le tocara el hombro. Luis usó su cabeza portátil para distraer al bandido a la vez que le asestaba varios golpes contundentes con su cuerpo separado. Los bigotes de Cuchillo recibieron algunos golpes también. La medalla salió volando de las manos de Cuchillo pasando por encima de Carmelo y la bisabuela.

—¡Medalla! —dijo Carmelo, lanzando a la bisabuela en el aire como un balón de fútbol. Ella la agarró justo a tiempo y la lanzó a padre Domingo.

—¡Vamos, a por ellos! —Sor Ana dijo mientras las monjitas impulsaban a un enmascarado padre Domingo. Este estrelló su cuerpo contra un bandido, haciendo que la medalla saliera volando otra vez.

La medalla vino a caer finalmente en las manos de un soldado cobarde, que la soltó y salió corriendo cuando Chato y sus bandidos avanzaron contra él.

—¡Chacal! —gritó—. ¡Encontramos la medalla! —Chato celebró con una pequeña danza victoriosa.

Pero entonces Chuy apareció del otro lado de una lápida a las espaldas de Chato. Chuy llamó a sus amigos cerdos, que vinieron a la carga con huérfanos cabalgando sobre ellos: "Mis camaradas, denle rienda suelta a su furia", gruñó.

—¿Qué? —dijo Chato que no hablaba el idioma de los cerdos.

La estampida de huérfanos cabalgando sobre cerdos pisoteó a Chato y los bandidos. La Medalla de Vida Eterna desapareció en la nube de polvo.

—¡Ya no estoy jugando! —gritó Chacal lanzándose por el aire contra Manolo y Joaquín.

—Yo me encargo de él —Joaquín le dijo a Manolo.

—¡No, yo me encargo! —ripostó Manolo.

Aprovechando la discusión, María corrió entre sus dos amigos y pudo asestarle dos patadas seguidas en la cara a Chacal. "¿Les había contado que estudié Wushu también?", sonrió María mientras Chacal gruñía.

Manolo y Joaquín estaban impresionados, pero Chacal estaba furioso: "¡Basta!", gritó abalanzándose.

—¡Cuidado! —gritó María empujando a los chicos a un lado justo a tiempo, pero Chacal la agarró a ella y se la llevó.

—No se preocupen, muchachos, tengo todo bajo control —María jadeó sarcásticamente.

Chacal la tenía fuertemente agarrada, pero ella no tenía miedo. Lo miró con fastidio: "¡Suéltame!".

—¡Me dan la medalla o su chica paga! —Chacal amenazó a Joaquín y Manolo mientras avanzaba por el cementerio hacia el campanario de la iglesia.

—Ve y encuentra la medalla —Manolo le dijo a Joaquín.

—Pero, María . . . —comenzó a decir Joaquín.

—Encuentra la medalla, yo me encargo de esto —Manolo corrió tras María.

—Está bien —Joaquín se animó a sí mismo—: ¡Joaquín!

Manolo persiguió a Chacal, pisando sobre bandidos caídos mientras corría. Escaló una pared exterior del campanario, pero no era lo suficientemente rápido. Chacal estaba cerca de lo más alto de la torre con María.

Era difícil encontrar de dónde aferrarse. Manolo resbaló y cayó varios metros antes de que Carmelo sacara los brazos a través de una de las ventanas del campanario y lo agarrara.

—¡Yo te salvo, pequeño Sánchez! —Carmelo se viró y lo lanzó como una bala hacia la próxima ventana donde Jorge lo recogió.

—Buena suerte, Manolo —dijo Jorge antes de lanzárselo a Luis una ventana más arriba.

—¡Dale duro, mi nieto! —Luis lo lanzó hacia la próxima ventana, pero no había nadie en ella.

De repente, Manolo comenzó a caer: "¡Guaooooo!".

Carlos sacó los brazos por una ventana para detener su caída: "¡Epa! ¿Dónde crees que ibas?".

—Tengo que llegar hasta allá arriba —Manolo miró a lo más alto de la torre.

—Yo tenía razón, te has convertido en el Sánchez más grande que ha existido —Carlos lanzó a su hijo hacia arriba con toda su fuerza de esqueleto. Manolo voló hasta lo más alto donde Chacal estaba con María.

Manolo golpeó fuertemente a Chacal en la mandíbula. El gigante soltó a María y se tambaleó, golpeándose la cabeza con la campana. Manolo agarró a María antes de que ella tocara el suelo: "Vamos", dijo ella, "¡que lo tenía exactamente donde yo quería tenerlo!".

Chacal cayó hacia atrás, pero se las arregló para agarrar el borde de la torre, pulverizando los ladrillos bajo sus dedos. Chacal tenía un barril de TNT. El barril cayó desde la torre y sobre un carretón de madera que estaba en los bajos.

¡BUUUUUM! La base de la torre se agrietó con la explosión.

Todos elevaron la vista para ver a Manolo y María luchando contra Chacal. "¿Me concede este baile, señorita?", preguntó Manolo

—Pensé que nunca me lo pedirías —dijo ella con una sonrisa.

Ladrillos caían al suelo desde la torre mientras ellos peleaban. La torre se inclinó hacia un lado. Manolo y María iban resbalando hacia los brazos de su enemigo: "Muy bien, guitarrista", le dijo ella a Manolo: ¿qué tal esto ahora?". Hizo girar a Manolo hacia Chacal, empujándolo fuera de la torre a la vez que esta se derrumbaba.

En los bajos, Joaquín estaba buscando la Medalla de Vida Eterna cuando se dio cuenta de que la torre estaba a punto de caer sobre las monjas: "¡Cuidado, hermanitas! ¡Pónganse a salvo!", les gritó, empujándolas a un lado. La torre se derrumbó alrededor de ellos en una gran nube de polvo y escombros.

María fue lanzada desde la torre, pero Carmelo, parado en lo más alto de una pirámide formada por los antepasados

de Manolo, la agarró justo a tiempo: "¡Hola, María!", dijeron los antepasados a coro.

Chacal saltó de entre los escombros, pero su inmenso brazo estaba atrapado. Furioso, agarró una antorcha y encendió la mecha de los cartuchos dinamita que llevaba amarrados al pecho: "¡Me llevo todo este pueblo conmigo!", rugió.

Manolo y Joaquín escucharon la amenaza de Chacal, pero estaban exhaustos y no tenían sus espadas. Manolo estaba tan débil por la caída desde la torre, que apenas podía levantar la cabeza. ¿Cómo podrían terminar la pelea?

Joaquín se volvió a mirar la estatua de su papá que estaba cerca y sonrió despacio. Agarró a Manolo y lo apretó: "¿Sin retirada?", preguntó poniendo un brazo sobre los hombros de su amigo.

Manolo asintió: "Sin rendición". Los amigos aunaron cada gota de fuerza que les quedaba y atacaron.

CAPÍTULO 20

Manolo y Joaquín se lanzaron sobre Chacal, empujándolo de lado desde el montículo de escombros hacia el espacio debajo de la enorme campana de la iglesia.

—No . . . —María lloró al ver a los amigos esforzándose para contener al rey de los bandidos.

Bajo la campana, Manolo se volvió a Joaquín: "No dejes de luchar por lo que es justo", dijo Manolo con tristeza.

—¿Qué . . . ? —comenzó a decir Joaquín, pero antes de que pudiese decir otra cosa, Manolo lo empujó fuera del área de la campana con toda su fuerza. Se tambaleó encima de un barril y cayó a una distancia segura de Manolo y Chacal.

Chacal, dándose cuenta de que la dinamita estaba a punto de explotar, trató por todos los medios de escapar, pero Manolo lo mantuvo en su sitio: "No me olvides", dijo

Manolo mirando a María directamente a los ojos. Y con esto, Manolo golpeó con el pie la última viga de apoyo que sostenía la campana. Esta cayó con un gran estruendo atrapando a Manolo, Chacal y la dinamita dentro.

—¡Noooo! —gritó María.

¡BUUUUM! La dinamita dentro de la campana estalló, haciendo volar a Joaquín por el cementerio. La sorda explosión hizo temblar la tierra como una bomba atómica, pero la pesada campana logró contenerla. La campana se inclinó y cayó de un lado mientras una humareda salida de ella.

Los bandidos sabían que este era el fin de su líder: "¡Chacal ha sido derrotado! ¡Retirada!", gritaron.

Pero María . . . esperó a que el humo de la explosión se disipara.

Cuando pudo ver otra vez, no había señal de Manolo; al menos no en el primer momento al menos, pero instantes más tarde este se arrastró en silencio del agujero en la tierra causado por la explosión.

—¿Manolo? —María se lanzó en sus brazos.

—Soy yo, mi amor —dijo él.

—¿Pero cómo lograste sobrevivir? —se preguntó, tocándolo una y otra vez para asegurarse de que él estaba realmente sano y salvo.

Manolo miró y vio a La Muerte cerca de ellos. Xibalba y el Fabricante de Velas también estaban.

—No me mires a mí —dijo La Muerte con una sonrisa de sorpresa.

María agarró la Medalla de Vida Eterna de la espalda de Manolo y se la enseñó: "¡Joaquín!", exclamó este.

Manolo se volvió. Los bigotes de Joaquín estaban completamente quemados y este se estaba colocando una venda en la cabeza para cubrir su ojo izquierdo.

—Me diste la medalla . . . —dijo Manolo.

Joaquín se tambaleó hacia los brazos de su amigo: "No podía . . . dejarte pagar por mis errores", dijo con una sonrisa. Los tres amigos se abrazaron.

—Tú . . . —comenzó a decir Manolo— te ibas a sacrificar por mí.

—El héroe de San Ángel —añadió María. Ella se volvió hacia Joaquín tocándole ligeramente la cara—: ¿Estás bien?

Joaquín miró con detenimiento la medalla por un momento usando su ojo sano: "Nunca he visto con mayor claridad", dijo lanzando la medalla mágica Xibalba. No la quería más. Xibalba la agarró y asintió.

Joaquín se volvió hacia Manolo: "Es tiempo de crear nuestros propios ejemplos".

—Y de escribir nuestras propias historias —dijo Manolo.

María puso los ojos en blanco con una risita al ver que los chicos estaban siendo tan dramáticos. "Ay, chicos", dijo riéndose.

*****

En el museo, Mary Beth dijo: "Y así aprendió Joaquín que para ser un héroe verdadero, uno tiene que ser generoso".

*****

El general Posada, Carlos y Carmen se abrieron paso entre los escombros hacia los tres amigos: "Hay algo más que tenemos que hacer, mijo", el padre de María le dijo a Manolo.

*****

Ese día, los vivos y los muertos de San Ángel se reunieron para celebrar la boda de María y Manolo. La iglesia estaba llena a tope. Todos estaban allí para ver al Padre Domingo oficiar la ceremonia.

Carmen y Carlos observaban con gran alegría, mientras que el Fabricante de Velas y el Libro de la Vida asistieron al oficiante.

—¿Aceptas a Manolo como esposo? —Padre Domingo le preguntó a María.

—Sí, acepto —dijo María con todo su corazón.

—Por el poder otorgado por el Libro de la Vida . . . —el Fabricante de Velas comenzó.

—Les pronunciamos esposo y esposa. Puedes besar . . . —padre Domingo no había terminado de decir cuando María se inclinó y besó a Manolo.

—¿ . . . al novio? —padre Domingo terminó con una risita.

Los pobladores y sus antepasados esqueletos gritaron

con alegría y lanzaron sombreros al aire.

El esqueleto Carmen dijo: "Ella será una gran Sánchez —Carlos asentía con lágrimas en los ojos.

—Y hoy fue un buen Día de los Muertos —el Fabricante de Velas alzó sus brazos triunfante—. ¡Ay, ay-ay-ay, ay!

*****

Desde lo alto del cementerio, sobre los restos del campanario, Xibalba y La Muerte observaban.

—Ah, pues bien, creo que has ganado la apuesta, mi amor, junto con mi corazón, otra vez —Xibalba se volvió para mirar a La Muerte.

—Ay, Balby —lo miró ella. El tiempo pasado se desvaneció y su amor renació.

—Lo siento mucho, mi amor, te mereces alguien mejor que yo. Me doy cuenta ahora. ¿Podrás perdonarme alguna vez? —Xibalba tomó a La Muerte de la mano.

—Sí —dijo ella.

Xibalba le besó la mano y sintiéndose dueño del momento, la estrechó entre sus brazos y le dio un beso inmenso y romántico.

*****

Fuera de la iglesia, María y Manolo estaban celebrando junto a vivos y muertos.

—¿Esposo mío, puedo solicitar una canción? —preguntó María con brillo en sus ojos.

—Como desee, Señora Sánchez —sacó su guitarra y comenzó a tocar una bella canción.

Todos se congregaron alrededor de ellos, pero en vez de formar un círculo, formaron un corazón gigante.

Cuando la canción terminó, Manolo apoyó su frente en la de María y se besaron.

*****

En el museo, Mary Beth terminó de contarles la historia a los chicos.

—Y el mundo siguió girando y las historias con él, nueva vida nació y gente murió, pero no fueron jamás olvidados. Y la única verdad que conocemos se reafirmó una vez más: el amor, el amor verdadero, el amor realmente bueno, nunca muere.

La habitación secreta del museo resplandecía a la luz de las velas. Los muchachos miraron a Mary Beth no queriendo que la historia terminara.

El guardia del museo se secó las lágrimas: "Caramba, siempre me hace llorar".

Mary Beth juntó a los chicos: "OK, muchachos, es hora de cerrar", señaló hacia la salida. "El autobús les espera afuera".

Los chicos salieron de la habitación en silencio, pero cuando llegaron afuera, conversaban emocionados sobre la historia, Mary Beth y el tiempo que habían pasado en el museo.

—In-CRE-íble —dijo el chico gótico corriendo hacia el autobús.

Desde la ventanilla del autobús, Sasha le dijo adiós a Mary Beth: "¡Adiós, señorita bonita!".

Mary Beth se transformó en La Muerte, su verdadera identidad: "Adiós, Sasha".

—¿La Muerte? —Sasha no podía creer lo que veían sus ojos.

Los otros chicos corrieron a su ventanilla y se quedaron mirando hacia afuera.

—La Muerte —confirmó Sasha.

El chico gótico estaba tan feliz que ¡se desmayó!

El guardia del museo se paró junto a su amor: "Nunca dejas de asombrarme, mi amor", se transformó en Xibalba y la tomó del brazo: "Tanta pasión", le dijo.

—Cualquiera puede morir —dijo ella—. Estos chicos tendrán la valentía de vivir.

Xibalba dijo: "Te apuesto a que estás en lo cierto", la estrechó en un abrazo apasionado.

El Libro de la Vida cerró sus páginas: "¡Ey!", dijo el Fabricante de Velas: "Escribe tu propia historia".